達賴喇嘛的貓 5

The Dalai Lama's CAT 5

Awaken the Kitten Within

David Michie

大衛・米奇——著

譯——江信慧

致敬

衷心感激我珍貴的古魯（Guru）們：

雷斯・希義（Les Sheehy）是靈感與智慧的非凡泉源；格西・阿洽爾亞・撒波騰・羅登（Geshe Acharya Thubten Loden）大師，舉世無雙，是佛法的化身；若塞・土爾庫仁波切（Zasep Tulku Rinpoche）是珍貴的金剛上師，也是瑜伽士。

古魯即佛，古魯即佛法，古魯即僧伽，古魯即一切幸福的泉源。

我全身伏地頂拜、皈依並供養所有古魯。

願我從古魯那裡汲取到的湧動靈感可以透過本書傳遞到無數眾生內心。

願眾生都享有幸福，以及幸福的真實成因；願眾生都擺脫苦難，以及苦難的真實成因。

願眾生永不脫離無苦無難的幸福、涅槃解脫的極樂；

願眾生常住於平靜與等持，免於執著與憎惡之心，免於冷漠之心。

貓頭鷹和小貓出海去
在一艘漂亮的豆青色船裡，
他們拿了些蜂蜜，還有很多錢，
全都包在一張五磅紙鈔裡。
——愛德華．李爾（Edward Lear），詩人

每個人對世界的想法都是，也始終是他自己心念的構想，
而且他的想法無法證明還有其他什麼東西的存在。
——艾爾文．薛丁格（Erwin Schrödinger），物理學家

目次

前言　我們會成為自己所想像的人

尊者：「如果自己在受苦，就無法好好地幫助他人。因此，我們首先要對自己有慈悲心。」

親愛的讀者，雨季並不是我最愛的季節。像我這樣的貓，擁有一身吸水力超強的豐滿皮毛，腳步又略為不穩，在狂風暴雨下外出踏查是一項危機四伏的運動。這就是為什麼這場沒完沒了的煙雨會一直把我困在室內，讓我別無選擇，只能日復一日呆在二樓尊者房間的窗台上，就連原有的特殊景象也不復見。尊勝寺廣場再也沒有身著紅褐色長袍的僧人與著迷的遊客熙來攘往，他們都冀望著尊者隨時出現在群眾之間。相反地，廣場就像裝著昨夜晚餐的碟子般灰撲撲的，毫無吸引力可言。

所以，那個特別的早晨，熟悉的敲門聲一過，丹增隨即出現時，我便抬起頭來，而且興味盎然。丹增是尊者的外交事務顧問，與達賴喇嘛商議時，他一如往常溫文儒雅，他二人還瞄了時鐘一眼。沙彌們輕聲走進來，擦擦花瓶，抖抖墊子——這全都是有客人要來之前反覆排練的前奏。我先往前伸展兩條前腿，再來是兩條後腿，接著才抖動全身伸了伸懶腰，好開心有人要來打破無聊了。

不過，會是誰呢？

身為「尊者貓」，我擁有許多祕辛，其中一項便是前來喜馬拉雅山的名流總是絡繹不絕，確切說來，他們全都是要來到這間特定的辦公室。各國總統啦、流行歌手啦、社會賢達啦、科學家啦，全都自行前來求見。他們表面上說的訪問事由有很多，各式各樣的都有，但您我都清楚真正的原因，對吧？

訪客們最主要是來感受達賴喇嘛在場的感覺。是他那慈愛、又有能量的「臨在」，能把所有感知到他的人都籠罩起來。他輕鬆自若，自發性地傳達了一份理解，那就是，無論我們的人生、我們周遭的世界發生什麼事，在表面之下的一切還是安好的。

最近幾年，有見識的訪客為何都要卯足了勁前來覲見，其實還有別的原因。要我自己說出口就顯得有些厚臉皮了——可是，親愛的讀者，假裝謙虛這種事真的很不可愛，不是嗎？我當然不希望被人罵說我在假謙虛。您瞧，人們從世界各地來到這裡，其實還有一個令人讚歎的原因——他們想親自證實那件事是否屬實。套句常見，也可能會誤導的問法就是，達賴喇嘛真的「有一隻貓」嗎？尊者的貓——正式場合中被稱為HHC的她，只是個迷人傳說，或是真有其貓？她雙眸碧藍，閃閃動人？在Zoom課程上面瞥見的一抹灰色閃光是來自那傳奇之貓的濃密尾巴尖兒，還是光影變化？抑或是希臘神話的蛇尾女妖，必須保持她出身的神祕感？

在那個格外陰冷的早晨，尊勝寺門口閃現汽車頭燈時，我往霧中凝視，但除了緩緩駛近的車輛外，幾乎什麼也看不到。引擎低沉嗡嗡聲的音量不斷增強，然後又逐漸停歇。車門開關聲過後，一片寂靜。過了幾分鐘，丹增引導一位女士走了進來。

一如您早就猜到的那樣，我是一隻行事謹慎的貓，根本不可能洩露尊者貴賓的身分。不過，這位訪客太特殊了，讓您知道她是位名氣響噹噹的流行歌手或許也是很重要的。您知道，就是那個藝名不是真名那位？其實，她的大名比較像是個頭銜——就好像她嫁給了某個英國貴族那樣。

以上就是我願意提供的唯一提示了，慎重又微妙的提示；此外，或許也提一下她的粉絲好了，他們就是大名鼎鼎的「小怪物」是也。而且，她撲克牌打得相當出色噢。

對，就是她！

我在房間另一頭仔細觀察，達賴喇嘛和貴賓都把雙手放在胸口，鞠躬致意，然後在咖啡桌兩邊的沙發面對面坐下。丹增則在桌子邊上倒咖啡，並從他面前的托盤呈上餅乾。接著他在扶手椅坐好，帶著經驗豐富的外交官特有的慎重神態，就好像完全消失在背景裡似的。

戶外，漩渦狀的迷霧變得更加幽深了，把我的窗台座位也籠罩在深深暗影裡。那是我特別喜歡的狀態。我和大多數貓族一樣，喜歡觀察別人，卻不喜歡別人注意我。甚至在貴賓疑心有我在現場之前，我就能有我自己對他們的看法。

這位特別佳賓即將在一場探討心理健康的大會上與達賴喇嘛同台。她這次來是要一起為這項活動做準備的。在尊者引導下，她解釋說，雖然她一開始是希望成為成功的歌手，但在中途把目標訂得更大了。如今她追求的不再只是娛樂人群而已，她還想要觸及人們的生活，要產生影響力。特別是，她年輕時曾經受虐，所以她的目標是幫助其他有過同樣創傷的人。她說自己受虐的記憶令她十分痛苦，以至於在很久很久之後，這些記憶仍然會以讓身體疼痛的方式折磨她。

達賴喇嘛專心聽她講自己的故事，臉上布滿慈悲神色。「心念和身體是一體的，」他過了一會兒才回答道：「傷害其中一個，也會傷害到另一個。」

貴賓仔細打量著他，暫無言語。「我花了很長時間才解決這個問題，」她承認道：「我不明白自己是怎麼了，好幾年來一直都弄不清楚。還以為自己瘋了！」

尊者俯身向前，用雙手握住她的雙手，給予安慰與鼓勵。他深深凝視她的眼睛，問道：「妳是怎麼找到出口的？」

她沉思了一會兒說：「有幾位醫生幫助過我，還有幾位治療師，我學到了很多東西。」接著又停了會兒才說：「對我而言，最重要的或許是創造出一個理想版本的自己。」

達賴喇嘛大聲說出她的藝名。

「沒錯。我思考了所有我最想擁有的特質，然後決定讓她擁有這些特質。接下來，我試著想像自己變成了她。我的粉絲們在回應她時，他們是在回應我理想中的自己。時間一久，接受『我已逐漸變成我最想成為的人』就越來越容易了。」

「想像變成真的了？」

「對。」尊者緩緩地點著頭。「很好的心理學。我們藏傳佛教，也經常這樣應用。」

「真的？」貴賓似乎很訝異。

「妳可以說，這是佛陀的一個基本教導，」他確認道：「思想產生言語。言語產生行動。全都是從這裡開始的。」達賴喇嘛輕敲著頭部。「還有這裡，」他摸著心臟位置。「**我們會成為自己所想像的人。無論身處何地，何種情境，我們還是有自由按照自己的意志去思考。最重要的是，有自由去選擇如何看待自己。**妳決定要按照妳所能想像到的最好的自己去生活……」他笑道：「多麼有智慧啊！」

「謝謝您！」即使我身在窗台暗處，但尊者的讚美似乎讓貴賓雙頰暈紅了，後來她說：「當然啦，說起來容易，做起來很難。我有時候也沒能做好。」

「改變心理習慣……」達賴喇嘛在他的座位上傾身向前，「很難。有時並不一定可行。所以，」他聳了聳肩，「我們就接受。**我們繼續接受，但也會繼續嘗試改變。**」

「自我接納。」她回答。

「那是最重要的。」尊者向後靠在椅背上，笑著說道。「如果自己在受苦，就無法好好地幫助他人。因此，**我們首先要對自己有慈悲心。**」

她點點頭，神情真摯。

「要給自己……」他眼神雪亮，「同樣的善意，就像對待一位非常親愛的朋友那般。」

無論誰來到這裡，無論他們的背景為何，他們很快就會發現到，尊者把他們最慈愛的本能反映出來了。在他包容一切的臨在之中，他們感覺自己被理解、被欣賞、被全然接受了。還有比這個更棒的禮物嗎？

我繼續關注他們對談，過了一會兒，我感到應該把尊者的忠告銘記在心。於是，便從窗台的墊子跳下來，在家具之間悄悄穿梭，來到房間另一頭，然後把自己安置在這位著名流行歌手身旁的沙發上。

她起初是一驚，但隨即化為欣喜。「噢，好美啊！」她驚叫，並伸手撫摸我。「所以，是真的有她！」

我向上仰起頭，以便能好好感受她的長指甲在我下巴抓撓。人類的女性自有其用處。

「我一直納悶她是否真的存在，」她解釋：「會想說，可能只是某人想像出來的。」

「嗯，那您現在知道了。」丹增說。他從扶手椅深處浮出水面，過去的經驗告訴我，他正準備好要在貴賓初次出現過敏反應跡象時便將我帶走。

但是，尊者這位貴賓並沒有這類反應。相反地，她一邊繼續按摩我的脖子，一邊喃喃道：「看見就會相信。」

達賴喇嘛在對面沙發上說：「對、對。這句話反過來說也對。**相信就能看見。**」

貴賓皺了皺額頭。「沒看見，怎麼能信？」她問道：「不是要先看見的嗎？」

尊者以手勢示意她，並再次以藝名稱呼她。「妳是一直都看得到她，或是說妳必須先相信有她的存在？」

「噢，我明白了，」她調皮地搖動一根手指。「先有想法。然後才會有實相。」

「沒錯。」

「我們會成為自己所想像的人。」她引用了他之前說過的話。

我尋思，他們對話我聽夠了，我脖子也按摩夠了，於是踏上咖啡桌，走向我最終目的地——牛奶杯。

我注意到丹增和達賴喇嘛彼此交換著疑問的眼神。達賴喇嘛和他的貴賓之間也是。這時，這位流行歌手自行拿起牛奶杯，把她的空杯子放在托盤上，再把牛奶倒進她的碟子裡。我俯身向前津津有味地大聲舔食時，他們全都靜靜地看著。

「有些生物，」丹增說：「非常善於讓自己的希望顯化為實相。」

他們都哈哈大笑起來。

那天早上，貴賓又待了好一會兒，離去前還先發布了與尊者合影的正式照片，以及與尊者貓的不正式自拍照。達賴喇嘛望著貴賓離去的身影，他雙手合十在胸前，走過房間，把我抱起來，再踱步到窗邊。樓下再次傳來車門的聲響。隨後是車輛啟動時引擎的轟鳴聲。

「我知道妳不喜歡雨季，也不喜歡呆在室內，」尊者說：「但是，雨季很快就會結束。我的小雪獅啊，到時候就會有妳喜歡的天氣了。一年最棒的季節。」

雖然我是隻擁有許多名號的貓，但我最喜歡的是尊者給我的特別稱號；在西藏，神話般的雪獅是「大勇氣」與「歡喜心」的存在。

貴賓的汽車小心翼翼地駛過廣場，紅色的車尾燈消失在迷霧之中。

就在那一刻，天氣陰暗或我不能出門已經不重要了。一如往常，讓達賴喇嘛抱著時，我沉浸在他海洋般慈愛的存在所帶來的深刻幸福感裡。我感謝的呼嚕嚕聲越來越高，不一會兒就不再感覺到自己的身心於何處終結，而尊者的身心自何處開始。唯有慈愛的光芒，溫柔瀰漫，遠遠超越我們兩者，那是一種帶給有心感受它的人歡喜的能量。

尊者坐回辦公桌後，我再一次坐回窗台上，把四爪收攏在身下。穿越薄霧的縫隙，我看到另一位訪客正慢慢走過尊勝寺廣場。最近幾個月來，我和他建立了最溫暖的友誼，但我知道他從未見過達賴喇嘛。從他一直朝我們這棟樓房觀望的模樣看來，他顯然是要來觀見的。

他這趟意外來訪有何目的？而他身後那個照護員果真帶來了我以為的那個人嗎？

第一章　喚醒我們的「內在小貓」

尊者：「如果我們過的是幸福而有用處的生活，那麼，明天醒來時也會找到幸福和意義的。」

⊙一週前

我們還是小貓的時候，常常有這種感受。只需一支隨風而至的羽毛，或天外飛來的美味點心，或迷人的湧泉，我們便馬上融入其中。驚歎、著迷，全心全意於當下。

隨著年歲漸長，我們早已變得精明又漠然，完全不會讓這些小事打動內心。如果曾經遭受過很大的傷害，傷口疤痕還會增厚，可能也會對生活中簡單的快樂特別無感。

但是，我們是不是搞丟什麼東西了？那種醉心於周遭環境的能力。把自己完完全全、毫無保留獻給當下的能力。看什麼東西，都彷彿是第一次看到那樣的能力。

以上這些都為一些有趣的問題提供了答案。

我們有沒有可能恢復對生活純真的熱情，那種從前自然而然就有的熱情？能否永不厭倦？親愛的讀者，您我能否喚醒我們的「內在小貓」？

雖然當時的我並不知情，但某個靜謐的上午，我在尊者的兩名行政助理辦公室的文件櫃上打盹時，這一天即將為此提問帶來意想不到的答案。這個答案是因某一誇張事件而揭曉的，而那種事我是會竭盡全力去避免的。

完美的外交官丹增坐在電腦前，正在寫一封電子郵件給德國總理。他身著西裝外套加領帶，身上有些微石炭酸的氣味，那是因為他總是用石炭酸皂洗淨他精心修剪過的雙手，他看起來總像是剛與某位世界級領導人、國務卿或什麼重量級人物開完會似的——在線上開會蔚為風潮的今日，他的確經常這麼做。

對面的辦公桌是尊者的翻譯官奧利弗的座位。他是英國人，身形高大、快活自在，鏡框後面是一雙清澈明亮的藍色眼睛。奧利弗是佛教僧侶，也是英國教會牧師的兒子，他耀眼的智慧與善良的心地，讓他在靈性上好似也能使用多種語言與人交流。他與丹增這個無可救藥的親英派同樣喜愛英式早餐茶、BBC全球服務網，對板球更是無比熱愛。那天早上奧利弗正在為一本關於中陰界的新書撰寫前言，所以格外地專注。丹增也一樣。不像平常會開開玩笑和閒聊。那天也沒有空分析印度板球隊最近在澳洲伯斯擊敗地主隊的比賽了。他們全都盯著螢幕看，全都在敲鍵盤，彼此之間幾乎沒說上一個字，對我更是不聞不問。

對於理性的貓族而言，他二人所做的事仍是令貓族無法解釋的人類行為，所以我覺得無聊，也不感好奇。我一定打了滿久的盹兒了吧，反正之後我只知道，都快十一點了吶，奧利弗才走出辦公室片刻就回來了，腋下則夾著全尊勝寺最恐怖的東西——貓籠。

這個貓籠平時都放在哪，以及它到底是如何跑出來的，我完全不知情，也不關心。但它這樣完全出乎意料地驟然降臨，實在令我震驚不已。奧利弗把它從胳膊底下擺到辦公桌上時有一種隨興、甚至可說是快活的模樣。同一時間，丹增又趁我毫無戒心，就站到我躺臥之處，用他帶有石炭酸氣味的手將我牢牢抓住，無情卻有效率。奧利弗則早把籠子的門打開等著呢。

瞬間，我就被穩穩鎖入了這地獄般的裝置之中。

「尊者貓，只是去做個年度健檢啦！」奧利弗靠過來，透過冷酷的網欄看著我，好像他們設下的埋伏也沒什麼大不了的。

我悲慘地嗚咽起來。

到獸醫診所一路上我不停抱怨，但是不想聽你抱怨的人就是聽不見。一進到診察室那個恐怖空間，有一位自稱來代班的新獸醫，他撬開我下巴，拉扯我眼皮，戳戳我肚子，還讓我遭受最嚴重的侮辱——抬高我無敵蓬鬆的尾巴，從中插入冰冷的溫度計。「指甲該修剪囉！」他展開我的爪子查驗著，不帶絲毫情感。

奧利弗馬上表示同意。

代班醫師有條不紊地剪著我每一個爪子——這番踰矩行為，奧利弗很清楚，若是在家我肯定是受不了的，但現在被釘在屠夫的砧板上我跑不了——醫師繼續說著他的臨床診斷：「隨著老化，貓的指甲會越來越少磨損。最近她是不是容易久坐不動？」

「尊者貓？」奧利弗思考這問題時，把頭偏向一邊。

「她年紀多大了？」奧利弗還沒回答，他又追問。

「至少六歲吧？」奧利弗從他為尊者工作的時候開始起算。「或許有八歲了吧？」他又大起膽來猜上一猜。

獸醫好不容易剪完了指甲，走到電腦螢幕前。「第一次在這裡接種疫苗是十年前，」他說。

「十年？」奧利弗嚇了一跳。

「她越來越老了，」醫師說道。「年紀大的貓，需要注意腎臟。如果還沒這樣做，我會推薦去買『老貓餅乾』給她吃，裡面含有大量蛋白質和維生素E，磷的含量也較低，這樣子她腎臟負擔會比較小。」

老貓？越來越老?!才幾分鐘，我就從心滿意足的世界名流降級為可能有病的孱弱老貓。這個穿白袍的可惡虐待狂是誰？

「你覺得，她是不是比以前喝得多些呢？」他追問。

「這倒不明顯。」

「要注意一下噢。貓咪年齡大了以後，腎臟問題很常見。我覺得最好做個血液檢查。」在我有警覺之前，他就已經把針頭插進我腿裡。「要監測老貓健康狀況，這個辦法還不錯。」

老貓？

「尊者貓，看來妳已經算是中老年貓囉！」

醫師一坐回到螢幕前，奧利弗就想要淡化這件事。奧利弗把貓籠打開舉高，引導我回到裡面。這種時候，才不需要別人來鼓勵我。

「嗯。」獸醫正在更新診療記錄。他敲著鍵盤，幽靈白的螢幕上反映出他的臉，就在那時他漫不經心地說出了一句話，這句話後來讓我提心吊膽很長一段時間。他這句回應奧利弗的話好恐怖，卻又說得那麼隨意，就好像只是尋常小事罷了。醫師說：「你知道嗎，活到十三歲對貓來說已經很厲害了。對於一隻髖部有問題的貓來說，也算是享受過美好貓生了。」

之後我就什麼也聽不到了。回尊勝寺一路上我心不在焉。我喵不出來。奧利弗可能以為我只是因為要回家了所以很放鬆。其實，獸醫說的話讓我徹底崩潰了。

顯然，我生命中一大部分的時間已經過去了，我在地球上最美好的時光也已經結束了。除了腎衰竭和老貓餅乾，真的沒有什麼東西可以期待了嗎？在我面前只剩下無情的老、病、死嗎？

我們一到家，我就從討厭的貓籠裡被放出來，我怒氣沖沖地往外衝。才不在乎天氣有多潮濕，霧氣有多重——我、得、出、去。去某處。去哪裡都好。穿越尊勝寺廣場後，我很快就衝出大門口，沿著馬路向前走，任憑直覺拉著我朝近幾個月還滿習慣的方向走去。

我們住的地方隔壁是一座設施齊全的花園，草坪中央有棵古老的大雪松，樹下有一張引我心動的長椅。我在這座花園裡度過了許多歡樂時光——特別是在另一邊所種的大片貓薄荷叢裡。

我那天的目的地不是貓薄荷叢，因為雨季的關係，那裡濕爛成一攤了。也不是俯瞰花園的安養院，我曾是那裡最受追捧的明星——療癒貓。都不是那些地方，我從安養院陽台後方，穿過一個種滿蔬菜的園子，走向以前有座大型花園棚屋的地方。

在我走到屋子之前，儘管天氣陰沉，我仍然聽得到巴洛克音樂的舒緩節奏。我在門口停了一會兒，把自己梳理整齊，舔掉獸醫的消毒水氣味，舌頭感受到我剛剪好的指甲異常鋒利的邊緣。

站在小屋正中央的男人看了過來，他知道我來了，卻不讓自己分心，仍繼續專注在他的畫架上。這正是我需要的。我壯起膽子往裡邊走，很快就走到了我的藤椅邊，就是那把有軟墊的藤椅，先讓自己舒舒服服地坐下，然後才轉頭研究起這位工作中的藝術家。

幾個月前我第一次造訪，那是一趟想都想不到的經驗——逗得像我這樣好奇的貓好開心。他也是站在那兒，面前有一塊畫布，身後的長椅上則放滿各色顏料、各式調色盤和畫筆，而他就在畫架和長椅之間來回移動。角落裡有一架漆色斑駁的老舊音響傳出巴哈嬉遊曲的樂音。

他身形高大，一頭白髮有如稻草束，咖啡色大眼睛閃動著要顛覆一切的神情，我知道他是誰——就像他也認識我一樣。我們其實已經是好朋友了。之前我去安養院好幾次，一整個大廳裡全是在打瞌睡的住民，只有克里斯托弗始終熱情，他會哄我到他身邊，稱讚我是天使，說我讓他想起很久以前與他同住多年的一隻貓。

雖然他皮膚有斑，袖口有磨損，但與大多數住民相較，他好像更有生命力。他有某些地方特別吸引我：燈芯絨褲子上顏色鮮豔的色塊，讓他散發著一股非常難懂的味道。

我先前看到他走在菜園附近小路那天，完全是純屬偶然。後來看著他打開屋子掛鎖，開門後露出一處充滿光與色彩的地方。當然，我都已經先調查過了。

第一次來到他的工作室時，最讓我心動的是發現自己置身於真正感官饗宴的寶庫——而且得到默許，可以盡情探索這個地方。然後，就像今日，克里斯托弗看了我一眼，知道我來了，但還是繼續工作。雖然沒開口問候，但我了解這不代表有敵意。他不是不歡迎我。他只是專注在其他事情上，所以給我充分的自由去踏查工作室的每個角落。

我走了進去，按著自己的步調研究這個有趣地方裡的每一樣陌生物件，以及刺鼻的氣味。顯然，在另外安裝窗戶及天窗之前，這裡曾經是雜亂的花園棚屋，地上鋪設了整片瓊麻地毯，配置的都是些不成套的傢俱——兩把藤椅、一張高腳桌，角落的櫃檯有個小冰箱和水壺。地平面以上最迷人的風景，毫無疑問地，就是克里斯托弗面對的三面牆上都有用畫板和畫布所搭成的長長隧道。這片綿延的洞穴，可以讓貓咪在裡面消失得無影無蹤。

我馬上就被畫布上油畫顏料那種樸實、獨特卻也不討人厭的氣味給吸引住了。我張開嘴完全啟動「犁鼻器」模式，把鼻子貼在畫布上，就這樣子站了很久，想把氣味吸進來。然後，我開始探索這座藏有無數祕密的隧道，密道的黑暗壁面有時會有光線穿插照進來。氣味也有好多種——油漆的、瓊麻的、膠水的，還有土壤改良劑和堆肥覆蓋物的陳腐氣息。這是一座引發好奇心的寶庫，我完全沉浸其中，玩了好一會兒才走出來。

克里斯托弗還在作畫，我便跳到一張藤椅上（它很快就成了我的專屬藤椅），也密切注意著他的動作。我從未見過藝術家如此火力全開，動作有點像是舞蹈，但其動能又與背景的巴哈音樂毫無關連。有一種我早已遺忘的能量振奮著我；坐著看他時，只見他全神貫注於自己的動作當中。這些我所經驗到的感覺讓我想起了某人，但這藝術家工作室的繽紛色彩、光線、多種混合的氣味，這些活躍而新穎的體驗又讓我記不得那個某人是誰。

他在住民大廳裡常穿的那件老舊粗花呢夾克，就隨意扔在另一把藤椅背上。我看到其中一個口袋裡有本經常翻閱的平裝書。從我的最佳視角審視靠在牆上的幾幅畫時，我看到其中有一幅與其他幅特別分開來。這幅畫有金色鑲框，單獨放在對面白牆的唯一架子上——那是一幅生動的黑髮女子畫像。

許久後，克里斯托弗突然中斷舞動，一陣咳嗽讓他弓起了背。等到回過神來，他小心翼翼地把畫筆放在長椅上，轉身面向我，張開雙臂以超誇張的動作唱道：

貓頭鷹仰望天上群星，
用一把小吉他唱起歌，
「噢，可愛小貓！噢，小貓，我的愛，
妳是！妳是！妳是多麼美麗的小貓啊！
妳是多麼美麗的小貓啊！」

「我親愛的米努！這首歌是《貓頭鷹和小貓》，」他繼續說，他的嘴不受控制地快速說出這些話來。「是愛德華．李爾寫的。但我敢說，這些妳都知道。我多渴望能將這些話念給我的小貓聽。貓小姐，我只能作夢了。不過至少，我是這樣想的。可妳來了，真是想不到。從虛空中出來了。而且不是隨便一隻貓咪，是最美生物，是有著璀璨藍寶石瞳孔的貓咪。」

他伸手撫摸我的脖子，就像在住民大廳裡那樣。我順從地咕噥著，同時也在納悶該如何理解他這番溢美之辭——且不說，我還弄不清楚他為何提及他親愛的米努。或許是他曾經與之共享人生的某隻貓？

當莫札特鋼琴協奏曲進入壓軸時，他正在角落裡做些瑣碎小事，也給自己泡了杯茶。泡好了茶，就在我對面的藤椅坐下來，雙眼則盯著他一直在畫的畫布。他喝了口茶，然後快速地瞥了我一眼。

「哦，抱歉，我最親愛的小貓！我不習慣招待客人，把禮貌全給忘了。」他放下馬克杯，費了點力氣才從椅子上站起身來，接著又狂咳一陣，走到櫃檯邊時，用果醬罐的蓋子盛了些牛奶回來給我。他恭恭敬敬地把牛奶放在我面前，然後彷彿入神似地看著我低頭舔食。

連最後一滴我都舔光光了。

「**最簡單的東西能帶來快樂**，對吧？」他說話時，眼中有慈愛的光輝。「款待路過的小貓。」他眼中閃過一絲淘氣的神色說道：「真希望這點心意能讓妳再回來。」

他的藝術家工作室好有趣噢，還讓我到處自由走動，其實也不需要這樣的款待當做誘因。那杯茶和蓋子牛奶很快就成了我們十分期待的例行儀式。

有一次，達賴喇嘛要離開達蘭薩拉好幾星期，去南印度的寺院監督一場僧侶資格考試，我就在那把藤椅上度過了許多歡樂時光，浸泡在這個充滿油畫、維瓦第、空間與色彩的可愛新世界。克里斯托弗這位視覺魔術師發表了廣闊風景、高聳群峰、青翠碧綠的世外桃源，與層層疊疊的瀑布——這全是他自己說的。因為我每次看著他剛完成的作品，真的是很難猜出來。

「抽象藝術，」有一次他解釋：「不適合無知或膽小的人。可是我們不介意，對吧？不只這樣，我們還在抽象藝術上成長茁壯呢！全世界不都是心念投射出來嗎，巴布夫人（Mistress Babou）？」

我現在已經習慣他說話滔滔不絕，若說我聽不懂，卻也是開心的，也習慣他大方對我說的祕密情話了。他不同於我所遇過的其他人，我慢慢了解到，他所表達的比較像是一個總體印象，而不是一整套想法。有如慶典般充滿各種鮮活圖像與概念，以及他在畫布上揮灑的豐富顏料，這些東西對貓族而言都是很難懂的。

然而，那幅女子肖像並不是抽象畫。他不時會中斷在畫架上的工作，走向這幅鑲在畫框裡的人像，然後停下腳步，凝視良久。有時也會把頭歪向一邊，用不同角度欣賞。或前或後移動一兩步，再以批判的眼光審視自己的作品。有時候，不過很少見啦，他甚至會伸手去拿起畫筆，塗上極輕微的一小撮色彩，然後再站回去觀察個中差異。

我們陪伴著彼此，他靜靜坐著喝茶時，習慣把背部靠在他放夾克的椅背，然後把手伸進胸前口袋裡取出一個信封，裡頭有一封手寫的信，有好幾頁。我看著他的眼睛從頭到尾看過每一行，每次都專心得像是第一次讀，儘管從信紙的摺痕之深看來，這封信很明顯已經翻閱過無數次了。

他小心翼翼地重新折好這封信，放回信封，再塞回夾克口袋，然後就靠在椅背上，凝視中景距離的某處，若有所思。

有一次，我見他眼眶裡噙著淚水。我在另一把椅子上伸出前爪。這個動作把他從思緒中拉了回來。

「噢！」他俯身過來撫摸我的脖子。「我最親愛的虎貓，妳是多麼可愛的小東西啊！那些年因為失敗而背負壓力度日，還有內疚，實在太浪費了！」他停下來咳了好一會兒。「不過，最後我們還是做到了，對吧？或許下地獄是我的業報，是我自己在汪洋中的暗黑航程。但我已經走到了盡頭，來到這裡，和我的巴布在喜馬拉雅山上平靜生活。」

某個特別的黎明時分，當第一道曙光那迷人的清晰與生機勾勒出群山輪廓，我一早就離開二樓窗台，外出探險，吸入喜馬拉雅松樹和橡樹的清新芬芳。尊者還沒回家，住所裡空無一人，我便朝著花園的方向走去，接著到克里斯托弗的工作室。他應該還沒在那裡吧，還是已經來了呢？

但他工作室的門是開著的。我一現身，他便轉身看著我：

「噢，我雀躍！我歡呼！我最愛的小貓！妳也有這種感覺嗎？」我喵了一聲。

「妳當然有。妳是大自然的造物。而我在找尋質樸、純淨和喜樂的典範，除了藍寶石公主本人，還會有誰呢！我們得好好利用這個黎明之初。如此珍貴的時刻不會再有了。」

他在畫架上固定一塊新畫布，並在調色板上備好顏料——各種藍、各種黃與白色。他動作迅速，熱情奔放，再次舞動起來，全然專注，全然沉浸其中，與當下合一。

我密切關注著，第一次意識到打從我上這兒來，為何會有一股強烈的似曾相識之感。這個關聯性那麼明顯，而我竟然直到現在才發現。因為他作畫時，我覺得他與正在做冥想的尊者好像。他沒有分別自我與他人、主體與客體。唯有當下正在發生的事，是一陣喜悅的流動。

當然，克里斯托弗與達賴喇嘛的心完全不同——我又怎能猜得到他二人的內心經歷?!不過，我所能察覺到的是已經發生的「平行轉換」。他二人都有一種崇高的一體感，那種感覺之強烈，甚至能從他們的形體散發出來，瀰漫在他們四周——而我剛好就坐在那兒。

那個黎明，克里斯托弗在畫畫時比平常更加地注意我，經常看向我所坐之處。這種關注與他談話時有所不同。比較像……我是他創作的源頭、他的靈感。他看著我時，彷彿正在領受著繆斯女神的啟發。

他認真工作了好幾個小時才放下畫筆。就在那一刻，他突然劇烈咳嗽，而且咳了很久，我之前從未見過。因為全身都在抽搐著，他不得不抓住長椅穩住自己。

等到終於不咳了，他的臉色變得十分蒼白。

我去看獸醫那天，遇到很難面對的關卡，於是前去尋求慰藉，然後便坐著聽海頓的音樂，並欣賞克里斯托弗的專注狀態。同樣的事情又發生了——克里斯托弗在長時間的專注之後，又突然在劇烈、痛苦的咳嗽中倒下。

只不過這一次，外頭小路上傳來一陣急促的腳步聲。安養院的經理瑪麗安・龐特（Marianne Ponter）親自來了。瑪麗安是一位五十多歲的女士，穿著正式套裝，黑髮吹整得很優雅，她迅速趕到他身邊，幫助他坐上他最近才從餐廳帶過來的高直背椅。

他坐下來後，咳嗽便緩和了一些，她倒了一杯水遞給他。他氣喘吁吁地向她道謝。她則拍拍他的肩膀，想讓他舒服些。

「在所難免啊。」過了一會兒，他告訴她。

「你做得很好了。」她安慰他。

他端起水杯，手比了工作室一圈說：「是這裡讓一切有了轉變。為此，我能給的只有我由衷的感激之意。但願我能多給妳一些什麼。多希望我沒把錢花個精光。一想到我還欠妳三十萬盧比，就真的很難過……」他用手比了比他身後的信封。

水壺旁的小架子上放著一疊咖啡色信封。每兩週就會送來一個新信封。有一次我在那裡的時候，會計部門奈杜先生的一名助理前來敲門，手裡就拿著這種信封。克里斯托弗點點頭表示知道了。助理則走過去把信封放在原先那一大疊上面，一句話也沒說。

這些咖啡色信封與他夾克口袋裡的不一樣，我從未見他打開過。這些信封一直都放在那裡，碰都沒碰過。

「你不用擔心這個，」瑪麗安果斷地說：「董事會同意讓你用慈善補助金住下來。這都是已經決定好了的。」

「非常感謝妳說服了他們。」克利斯托弗壓抑住咳嗽，繼續說：「我不會麻煩大家太久的。」

慈善補助金？我心裡七上八下的。不會太久？

「你在這兒也住好幾年了，」瑪麗安回道：「直到最近你才說到你以前是個藝術家。要不然，我們還以為是油漆工人呢！」

「我是啊，」他點點頭，「油漆工也做了很多年噢。但在那之前，我年輕時在英格蘭，曾經向幾位大人物學習。科克街有很多展覽。都是很認真的收藏家。我還有幾幅畫在皇家藝術學院展出過。」

「天啊！」

「我有時候還會夢想，夢想著我年輕時的希望之花能美麗盛開，我的作品能有人瘋狂追捧。」

瑪麗安掃視了所有的畫作。「要是那樣的話，這些畫可就讓你發大財了！」

「我知道！」他容光煥發。

「錢會多到不知道怎麼花！」

「噢，我知道該怎麼花！」他很高興地說：「為年長的藝術家設立慈善基金。一個庇護所，就像妳給我的這樣。」

「多麼慷慨的夢想啊。克里斯托弗．阿克蘭慈善基金？」

他搖搖頭。「噢，那樣就太乏味了。應該叫『波西米亞破產老人之家』。」

克里斯托弗面帶微笑，思考著這件事，然後他臉色有異。「其實，有時候當藝術家並不好玩。我很早就功成名就，但之後的事我處理不來，又驚慌又害怕。評論家不欣賞我要走的路線，我也不知道還能怎麼做。突然間，對失敗的恐懼把我淹沒。所以逃離了那個國家。我知道我很懦弱。但當時，就覺得我只能消失，別無選擇。」他的表情出奇地焦慮不安。「真不知道為什麼要告訴妳這些，」他搖著頭說道。

「好幾年沒提這事了。反正，來印度之前，我先在歐洲住了一陣子。最後是去新德里粉刷暴發戶的豪宅。」

「是來我們山上之前的事嗎？」瑪麗安試圖引導他想起愉快的回憶。

「我聽人家說起你們這裡時，就覺得我一定得來。幻想能住在達賴喇嘛家隔壁過退休生活！」

她點點頭，「那為什麼想要重拾畫筆呢？」

「肺氣腫，」克里斯托弗遺憾地笑了笑。他沉默一會之後補充道：「被診斷得了不治之症，最能夠讓你體會到每一天的價值。」

毫無疑問，坦白說就是因為生病了，痙攣性咳嗽不僅是一時的症狀，也不只是年紀大的問題，這種咳嗽帶有更多凶險的象徵。

「這是我有生以來第一次做我喜歡做的事，而不必在乎別人的想法。」克里斯托弗指著他的畫，「不用擔心買家、評論家或畫廊老闆怎麼想。我畫得很開心。」

她點點頭。「我來看看。」

瑪麗安走向靠著壁面的畫，神情有些游移不定。「我不懂藝術啦！」她看了一幅又一幅畫之後坦承道。

「不必懂啦，」他聳了聳肩。「妳喜歡什麼，那才是最重要的。這是我最近的作品，」他指了指放在高椅上的三幅畫。「這是喜馬拉雅山三聯畫。我稱之為『藍色漸層』。」

瑪麗安走到高椅前面，欣賞這幅畫作。從她站立的地方來看，這畫是顛倒的，畫的底部是天空，上面是山脈。克里斯托弗快速地傳給我一個會意的眼神。瑪麗安好像沒有意會到。

親愛的讀者，是抽象藝術啊！

「很棒耶！」她環顧四周，看到金框裡的女人畫像。「那這位是誰？」她問道，終於找到她認得出來的東西了，真讓她鬆了口氣。

「是卡羅琳。我一生的摯愛。但我太笨了，竟然拋棄她。可我從未忘記她。醫生告訴我說，妳知道的，就是我只能再活多久，後來，我覺得我不能帶著遺憾死去。所以就設法弄到她的地址，寫信去道歉。她給我回了一封最美的信，還有一張小照片，」他把下巴朝向那幅畫，「我用來畫了她的畫像。」

瑪麗安點點頭。「自由靈魂？」

「妳看得出來？」克里斯托弗的臉色亮了起來。

「馬上就感覺到了。那是第一個打中我的東西。」她轉過身，看著他的雙眼，面帶欣賞的微笑。然後她突然發現我，我已在藤椅上觀察他二人許久。

「啊，對，」克里斯托弗順著她的目光看過來。「藝術家都會在工作室養隻貓。你知道康丁斯基養的貓叫做法斯克，畢卡索的叫米努。薩爾瓦多·達利有一隻虎貓，名叫巴布。」

「虎貓？」

「屬於野生貓科動物。原產於美洲。」

瑪麗安揚起眉毛。「我不清楚耶。也不知道藝術家喜歡養貓這些事。」

「親愛的，這傳統很悠久噢。妳好心安排我住進這裡不久，這小傢伙就來了。她的存在很不可思議，她和我很合拍。而且出現時間點都超棒的。」

瑪麗安看著他一臉溺愛的表情，過了會兒才輕聲說：「你知道她的身分吧？」

「她來巡迴出診時就有人介紹過了，」他點點頭。「她是最受我們大夥兒尊敬的療癒貓。」

「對，」她同意道。「那是她自發性的天賦，她做得很棒。但除了是我們的療癒貓外，你知道她是從哪裡來的嗎？」

見他沒回答，她便走近了一步。「因為考量她的安全，所以不希望有太多人知道，」她看著我說：「她是隔壁家養的貓。」

他過了好一會兒才理解她的意思：「她是達賴喇嘛的貓！」

「我的天啊！」克里斯托弗高興得快瘋掉。「我的媽呀！」

「是真的。」

「我覺得這很難……」

「我知道。」

「好榮幸！」

「沒錯。」瑪麗安也同意。

克里斯托弗的狂喜情緒冷卻了些。他盯著我看，很難置信的模樣，過了很久才說：「這簡直就是得到尊者本人加持！」

我是一隻比較喜歡扮演觀察者，卻不喜歡被觀察的貓。親愛的讀者，我一發現自己忽然間成了別人傾注熱情的對象時，就覺得別無選擇啦！所以我跳下椅子，飛快跑出工作室大門。

他二人大笑起來。

之後，我還是持續拜訪那裡，克里斯托弗還是持續畫畫、說話，甚至會高歌幾句。但他咳嗽的次數越來越頻繁，咳的時間也越來越長，他最後都會彎下腰，靠在長凳或椅子上，而要能夠重新站起身來總得花費很長時間。

我的出現總是帶給他愉悅的激勵。其實，隨著時間過去，這種情況更是明顯。他對我的存在所產生的鼓舞效果讚不絕口。他知道我的身分以後，曾經質疑他所經歷的這些事情是否是某種能量轉移；他正處於生命中體力衰退最嚴重的時期，但矛盾的是，他覺得他現在才開始實現自己的藝術高度。他說那日黎明我造訪時，他所畫的那幅畫是他畢生精華所在。那是多年前，在最黑暗的時刻，他就很想要創作出來的作品。然而，他必須完成在汪洋中的夜航才能找到來這裡的路，而這裡離出發地竟是如此遙遠。

或許，這就是重點所在？

因為他覺得直接、間接受到達賴喇嘛很大的啟發，於是仔細考慮是否該把自己最滿意的作品獻給他。

休息喝茶的時間越來越長，而且總會有款待我的點心。有一次，他從夾克拿出那本破舊的平裝書。書的封面有一張達賴喇嘛對著黃色麥克風講話的照片，書名是《大手印》（*Mahamudra*）。

「關於我們的心念——以及實相，妳的主人在書裡說了很有智慧的話，」他翻閱了一下。「比起別的書來，這本書能讓我的神智清醒過來。要是我會靜坐就好了。」

我最後一次去找克里斯托弗時，內心非常不安。工作室空無一人。當他出現在安養院的小路上時，他使用一種有輪子的新奇裝置在走路，鼻孔裡則插著管子。

「小貓小姐，氧氣。噢，小貓，我的愛。」他一回到工作室，就重重地坐了下來。「我這條下坡路是陡降的。妳知道，我這一生沒在怕什麼的，但唯一就是很怕溺水的感覺。但是啊，哎，那是我非得要走的路啊！」

⊙當下

從霧氣的缺口處，我看到克里斯托弗走向我們這棟樓，他行進緩慢，身體彎曲如弓。跟在他身後幾步遠的照護員手上拿著看起來像是畫的東西。他完成那幅畫了。

他沒有用氧氣瓶，但從下車處和這棟樓之間，他得停下來休息幾次。他消失在我視野之後，又過了好長好長的時間才響起敲門聲，才有人來通報。這次是奧利弗，他領了訪客進來後就退到一旁。

克里斯托弗雙手合十，向尊者深深鞠躬。「非常感激您願意見我，」他呼吸很費力，還要努力忍住咳嗽。他就像許多訪客那樣，凝視著達賴喇嘛。真的站在一位世界名人面前時，心中會有一種又驚又疑的奇異複雜情緒，同時那種被慈愛安好的浪潮擁抱著的感覺，既不可抗拒，又叫人折服。

我知道他也注意到我了。他朝著我所坐的窗台看了一眼，我們在這個新的情境下找到了彼此，真是令我貓鬚抖動。我知道在這種情境下，禮貌上他不可能大喊「噢，可愛的小貓！噢，我親愛的小貓」或其他綿綿情話。

但他已經看到了我，我也已經看到了他，而且他已經看到了我在看著他，於是，我們的連結又恢復了。

「尊者，我想獻給您一件東西。」達賴喇嘛點點頭。一般禮節是訪客贈送一條白巾或稱哈達（khata）給尊者，然後他會把白巾圍在訪客的脖子上，作為回贈給他們的禮物，他低聲說出的祝福話語更是大大的加持。

克里斯托弗今天沒有帶白巾來，但從走廊上走過來的人，我知道他是安養院的照護員。他拿著那幅畫。

達賴喇嘛請照護員把畫放在桌子上，這樣光線好些。這幅畫與之前在這裡展示過的任何藝術品大不相同。您或許會說，這幅畫在表達抽象的極致，因為看不出來畫了什麼東西。至少，沒什麼特別明確的。沒有山脈、森林或瀑布。它用各種黃色、白色、最淡的藍色，確切說來，是在表達光的燦爛全景，是無邊無際的空間。

「這幅畫叫做『太初黎明』（Primordial Dawn），尊者，我想把它獻給您。尤其是因為有您給我靈感，我才能完成。」

達賴喇嘛雙手合十在胸前，一直站著研究這幅畫。他帶著孩子般的好奇走近畫前，盯著畫布上厚實的顏料筆觸。他傾身向前，聞一聞油畫顏料的氣味——就像我第一次去工作室那樣。他用多重感官在賞畫。令人驚歎地發現與專注，整個房間滿是歡喜。

「太壯觀了！」最後他轉身向克里斯托弗說道。「非常了不起！」

克里斯托弗眼中噙著淚水。還有什麼比這個更好的讚譽呢？

「原初意識。」尊者確認道。

克里斯托弗吞了吞口水，點了點頭。

「從沒見過有人用視覺的方式這樣呈現。真的好棒！」他呵呵笑著說。克里斯托弗也忍不住呵呵笑了起來。

「為什麼你說我給你靈感？」他問道。

「嗯，」克里斯托弗看了一眼坐在窗台上的我。「大多是因為您的書。」他從口袋裡掏出那本平裝書。

達賴喇嘛露出好奇的表情，伸出手要求看一看書，他的念珠從手臂垂下來。

輪到克里斯托弗嚇了一跳，他把書遞了過去。尊者翻了翻書頁，了解到這本書真的是翻到爛了，他還注意到有螢光筆標示，也有旁註，證明了這本書曾被徹底研讀過。

當他停在某頁，讀著某句時，克里斯托弗忍不住引述道：

「如果你想要領悟這層超越理智的意義，什麼都不必做，只需拔除你有限的覺知，在純粹覺知中徹底地安頓下來。浸泡在此原初清明的水中，不受任何概念思惟汙染。」

「好、好，」達賴喇嘛笑道：「你已經熟記這幾句話了，是嗎？」

克里斯托弗點點頭。

尊者翻動書頁，要看看有螢光筆標示的句子會落在哪一頁。「第二八八頁？」他問道，眼珠閃閃發光。

「不要把心念抓得太緊或太鬆，我們用清楚和敏銳，讓心念飛升到它的明光狀態，然後讓它放鬆滑行，而不是用大量、狂熱的方法去運作心念或警覺心。」他背誦道。

「好極了！這很像考試呢，對吧？好像在考僧侶資格考試呢！」達賴喇嘛頑皮地讓書頁再次打開。「第一二一頁？」

「是我最喜歡的，」克里斯托弗答道。「正如天空出現的任一雲團，既為天空所生，也將融入天空，同樣地，任何存在事物的所有現象，都是最精微的明光心所生，也將融入明光心。」

達賴喇嘛神情轉為嚴肅，他合上書本，恭恭敬敬地還給克里斯托弗。然後他指了指那幅畫說：「我能理解你何以做了這件事。」

「希望您收下。」克里斯托弗確認道。

尊者猶豫著，然後他說：「尊勝寺不是藝術館，不是博物館，沒有嚴密保全設施，」他顯然認為這幅畫有巨大的經濟價值。「但我代表我們所有人，衷心感謝地收下來。我覺得用它來歡迎我們的訪客是很好的。」他雙手合十。

「我無法告訴您這讓我有多開心。尊者，您瞧，我是個垂死之人。沒多久好活了。知道您願意收下我的畫，對我來說非常有意義。」良久，達賴喇嘛與他互相凝視，我們彷彿都捲進了一個令人無法抗拒的慈愛漩渦。克里斯托弗表達過的那種體驗，那種光亮的清明，在這一刻更是注入了超然喜樂。

克里斯托弗把書放回去時，尊者指著他的口袋說：「你已經清楚了實相的真正本質。時候一到，你就冥想這個。你可以滿懷信心，期待死亡明光的降臨。」

克里斯托弗聚精會神聆聽尊者的話，臉上的表情轉為不安。他躊躇了一會兒，心中的苦惱再也壓抑不了。「可是我沒辦法靜坐！」他大喊道，彷彿達賴喇嘛剛剛要他做的是不可能的任務。

「我知道靜坐的概念、理論，」他感到慚愧。「只是我無法體會。」

達賴喇嘛若有所思地看了他許久，然後轉身細看那幅畫。「你畫這個的時候，」他問克里斯托弗：「在想什麼？」

克里斯托弗對這個問題措手不及。「我……我真的沒有……也不像是……要怎麼說呢……」他努力想找出對的字眼，最後終於說：「我畫畫，跟我思考是不一樣的。不是一般在想事情。我只是專注於我在畫的東西。」

「你專注於你畫的對象？」尊者問道。

「對。」

「你不是在思考該用什麼顏色？用哪支畫筆？」

「變成本能了，」克里斯托弗說：「很難用語言說清楚。我……我只是……迷失自己了。」

「你迷失……自己？」達賴喇嘛淺淺微笑。克里斯托弗的嘴脣因為情緒翻湧而動了幾下，他快要理清楚思緒了。

「你與你所畫的對象變成了『非二元對立』？」尊者問道。

克里斯托弗點了點頭，大口地嚥了嚥口水。

尊者描述的是一種深度冥想的狀態，在這種狀態下，人的注意力會非常集中，集中到不再感覺有「冥想者」在感知「冥想對象」，而是唯有體驗。在那種非二元性的專注之中，自我和時間都消失了。

過了一會兒，達賴喇嘛補充說：「我想要委託你一件事。但是沒辦法付你錢噢！」他笑著說。

「尊者，當然好。」

「阿彌陀佛。你知道阿彌陀佛？」

克里斯托弗點點頭。「紅色那尊佛？」

「無量光佛、無量壽佛。」達賴喇嘛釐清道，接著他轉頭向站在門口的奧利弗喃喃說了幾句。奧利弗領了這件差事便離開了。

「我想請你畫祂的肖像，全身的。」尊者指著克里斯托弗的畫《太初黎明》。

「這將是我一生最光榮的事。」克里斯托弗既感驚訝，同時又莫名地欣喜萬分。

奧利弗回來時呈上一條檀香木手珠，達賴喇嘛以雙手持之，吹了一口氣加持，然後將它贈予訪客。「我送你的禮物，」他說：「讓你唸阿彌陀佛咒語用的。我來給你此咒。」

尊者唸誦三遍咒語：「嗡阿彌德瓦捨」（Om Amitabha hrih）。

克里斯托弗隨著複誦三遍。

在這個神聖的傳承中，上師把咒語傳授給弟子，從而建立起一個連結，讓師徒之間相連——不僅是他們彼此之間，而且是讓所有以前的修行者，與未來出現的修行者有所連結。不僅是對阿彌陀佛，而且是對整個阿彌陀佛修行者的傳承打開了能量入口。

「現在你有咒語了，」達賴喇嘛確認道：「我們尊勝寺有一位旺波格西，他每週二晚上有一堂課。下週二他會教一門特別的課。我非常建議你去上。」

「是的，尊者。」

奧利弗從一旁走近他二人，示意這場會面必須結束了。克里斯托弗全身伏地頂禮，然後把雙手放在心口說：「尊者，謝謝您、謝謝您。我覺得沒那麼害怕了。」

達賴喇嘛伸出手，將克里斯托弗那雙有斑點的大手握在自己手中，並直視他。「死亡沒有什麼需要害怕的。」他堅定說道。「淨土在等著你。」

他倆傾身向前，達賴喇嘛的額頭碰觸著訪客的額頭，兩人默默交流著，良久。

克里斯托弗後退時忍住了抽泣。他轉身要離去時，尊者問道：「你作畫時，並不總是一個人吧？」

克里斯托弗不得不再次朝我這邊看了一眼，搖了搖頭。

「有時候，她和你在一起嗎？」尊者指了指我。

「您是千里眼。」克里斯托弗含淚說道。

「我只是個普通和尚，」達賴喇嘛笑道：「她回家時，我有注意到油畫的氣味，」他說。「現在我可弄清楚那氣味是打哪兒來的了。」

輪到克里斯托弗咯咯笑了起來。「她是我靈感的來源。」他說。

過了一會兒，他們走出房間，奧利弗走出去時關上門。克里斯托弗突然劇烈咳嗽起來。

那晚，我躺在尊者的毯子另一頭，他坐在床上讀書時，我便發出輕柔的咕嚕聲。在他臥室這樣一個安全、溫暖，又可以反省自己的地方，只有我倆在柔和燈光下，享受著一天當中我最喜歡的時刻。

達賴喇嘛終於放下書本，他把書小心地放在床邊小桌上，並像往常一樣在關燈前低頭看著我。

「我聽說妳上週去獸醫那裡做的檢查很有用處。」他輕聲說。

這是他第一次提及此事——我敢說，不是因為他忘了，而是因為他知道我需要時間消化這些事。這就是尊者的風格，雖然他用的詞語都很簡單，但他表達的概念卻很深刻。而且與您以為的幾乎完全相反。但我本身早已知道他說的話會真實到令人吃驚。

當時，我肯定不曾想過獸醫的診斷「有用處」。有誰會願意聽一個穿白袍的男人告訴你說，妳剩下的日子要比之前的要少很多很多呢？還說妳的生活品質會一直走下坡，而且還不可逆？而妳視為理所當然的生活其實就只是風中殘燭？

但我從克里斯托弗身上發現，生命的價值並不在於壽命長短，而是在於您是怎麼過日子的。在於您是否珍惜寶貴的每一天，珍惜能見證這每一天的幸運，還是把它視為理所當然。在於您能夠充分利用所擁有的能力，為他人帶來歡喜，而非恐懼或氣餒。這就是有意義的人生與沒有反省、虛度的迷糊人生之間的差別所在。

「了解生命無常是一份珍貴的禮物，」尊者繼續說道：「不是去避免無常，或假裝沒這回事，是要真正地珍惜無常。即使是霧霾天，也要珍惜每一個日子。這樣我們就可以滿懷熱情地活著，像小貓一樣。」他伸手撓我的脖子。

我用爪子抓住他的手指咬著玩。

「死期一到，」他手伸向電燈開關，邊躺下，邊低聲說：「就像這樣。」瞬間，我們便置身於徹底的黑暗之中。

「如果我們過的是幸福而有用處的生活，那麼，明天醒來時也會找到幸福和意義的。」

第二章　封鎖垃圾群組

尊者貓：「要用正念來守護自己的心，必須一直密切關注自己的想法，好讓自己在陷入自我打擊的想法時能接住自己。」

親愛的讀者，您都很努力、很勇敢去做對的事情了——然而宇宙，非但不獎勵您為崇高的目標奮鬥，反倒潑了您一頭冷水，您知道那種感受吧？

您果真知道？那好，那您就能明白我那天的感受了。那天，我從午前小憩中醒來才發現，尊者一整天都要在外頭開會，行政助理辦公室裡也空蕩蕩的，大霧暫時散去了。

本著充分利用每一天的精神，我知道我得去做些什麼。都已經好幾個星期沒去「喜馬拉雅・書・咖啡」了。早該去走走了。

走過廣場濕漉漉的石板路時，真覺得這世界暗淡無光，也沒了希望。當時雖沒有霧氣，但我還是對自己能夠無畏風寒，想要善用每一寸光陰感到欣慰。不過，我堅決不讓路面上汙穢的積水弄髒我這身光潔的乳白色大衣。

通常我經過廣場時，人們會用某種方式關注我。尊勝寺所有僧侶都知道我是誰，所以他們一見到我，就會低頭致敬，甚至會把雙手放在胸口，跪倒在地。來訪的遊客看到我簡直和看見達賴喇嘛一樣興奮。無可避免地，有要自拍的，有要對著相機擺姿勢的，甚至還有來自世界各地的遊客要與家人即時視訊，好炫耀一下他們能與尊者貓相遇的。

那天早上不見僧侶，只有遠處一群淋濕的遊客。但隨後，不知從何處，一顆巨大、橙色的足球直接朝我飛衝而來。我別無選擇，只能跳開。像我這樣連站都站不穩的貓，垂直跳開地面絕非易事。所以，我搞砸了。我使盡最大的力氣向上猛然一躍。到了半空，卻掙扎著。

只能往一側憑空亂抓，姿勢不雅地著了地——最大的災難是，還直接摔進缺了一塊石板所形成的水窪裡。著陸時弄得我好痛，隨後就在小男孩的咯咯笑聲中驚慌奔逃。

「攔住那隻貓！」小男孩的朋友就在我另一邊對著他大叫。

我聽到了球鞋踢球時的巨大撞擊聲，然後這顆足球就從我面前飛掠而過——這次就沒那麼近了。

「這貓跛腳耶！」另一個男孩大笑道。

「殘廢貓！」我走到了大門邊時，第一個男孩大喊。我兩條後腿痛得要命，遇到這種罔顧性命的殘忍行徑也讓我提心吊膽。我極度希望男孩們去玩別的東西。溜進尊勝寺大門附近的市場攤位後，我終於得到了保護，但直到藏身在一個破損的水泥大花槽後方，遠離他們的視線後，我才覺得安全了。

我查看沿著身體兩側流下來的灰褐色淤泥。弄髒的肚皮，還有沾滿泥漿的尾巴。全身滿是大街上的臭油味兒。就在我想要先將就地清潔一下時，突然看清那件我怎麼也不想看清的事，這讓我大為驚駭——雖不想看，但它有時會像疾飛的橙色足球那般現身，攻勢凌厲——那件事就是：僧侶和遊客們為何恭敬對待我，這跟本貓一點關係都沒有。他們如此敬重我，不是本貓的關係，只是因為我與那個人共同生活。若把我從備受禮遇的窗台弄走，若在陰鬱的雨季把我晾在外頭，那我是什麼？瘸子、殘障貓，一隻供人取笑的、小丑般、髒兮兮的東西。雖然大多數時候我可以忽略這項讓本貓不快的事實，不過，一旦我隱約意識到，這事實就是無可抵賴。

我繼續往下走。街頭小販和食客並不會對路過的貓狗特別有興趣。只有被視為神聖的牛才比較有人關注，當然也會比較善待他們。沒走幾分鐘，「喜馬拉雅・書・咖啡」便映入眼簾。角落的門敞開著，外頭鬧哄哄地坐著好幾桌熟客。幾年來，這裡完全就是個溫馨的避風港，也是我熟悉又討人歡心的地方。或許，現在應該說，這十年來？

雖然咖啡館和書店的裝潢各有擅長，但吸引我來到這處勝地的是裡頭的人們。可以保證一定會有溫暖的問候，迎接您的人可能是法郎，他多年前從美國舊金山來到這裡，創立了這家咖啡館，那時他喜歡噴濃厚的柯諾詩古龍水。可能是他的法國鬥牛犬馬歇爾和拉薩犬凱凱，他們通常一起待在接待櫃檯下方的籃子裡（親愛的讀者，那籃子啊，大家都知道我有時也是會進去插一腳的）；也有可能是書店經理山姆，他是親和力最強的愛書人，也對貓情有獨鍾。而且，還有謹慎又無所不知的領班庫沙里主控全場，他總會呈上幾口「今日特餐」精選美食供我享用，然後我才會登上雜誌架高層睡個午覺。

我最喜愛的人兒──萬人迷瑟琳娜，她幾乎每天都會來咖啡館。她是尊者的貴賓主廚──熱情奔放的春喜太太的女兒，也是法郎的好友。兩年前，瑟琳娜生下了她第一個孩子，她和席德把這小男孩取名為「瑞希」。因為我與他們一家人都很親，所以，要與裹在白毯子裡的粉紅色嫩嬰打交道，最初我還挺好奇的。但是幾星期、幾個月過去了，很明顯，我與嫩嬰之間永遠不會有暖心的情誼。瑟琳娜對我仍有深厚感情——但我已經學會要與小瑞希保持距離。

在我就快要到達咖啡館門口，但還沒真的抵達門口時，突然間，我被人一把抓了起來，放在戶外的桌子上。

「看看這貓拖進來什麼東西吶！」英語說得很大聲，而且是個女生。

「天啊！」一個頭髮花白、有口臭，還戴著八〇年代風格淚滴形墨鏡的男人彎下腰來。

「請問『天鵝海市（Swansea）和阿伯里斯特威斯市（Aberystwyth）愛貓協會』的主席對這隻……怪貓……會有什麼看法？」

「他才不會想要太靠近牠哩！」他語氣傲慢。

「很臭！」那女生冷笑道。

「真的。」他穿著一件萊姆綠的大翻領外套，胸前口袋上方露出一截芥末色手帕。

「顯然是波斯品種的。我們稱之為『重點色長毛貓』，也稱為『喜馬拉雅貓』。牠身形短胖，骨骼健壯。被毛豐厚。」他審視我時，他的口臭襲擊了我。「健康狀況很難說。被毛不算太糾結，但是……」

「瞧牠這副樣子！」

「很可能是流浪貓。」

真是夠了！儘管離地有好幾英呎高，這樣跳下去著地時會很痛，但我也不願多逗留片刻讓自己受差勁的人侮辱。於是我走到桌子邊緣。

「哈囉！」又是那女人得意洋洋的聲音。

「真有趣。」那男人突然扯住我後頸，把我按在桌子上。我兩條後腿刺痛難當。我痛苦地喵喵叫。這是今天早上我第二次受完全陌生的人虐待。難道全世界都瘋了嗎？

「後腿無力，」這男人無視我的抗議。「應該是先天的問題。」

「這就是牠流浪街頭的原因。」

「這東西一文不值，」他說著，同時鬆開了我的脖子。「無論在哪個文明國家，牠都會被安樂死。」他拿起那天的《印度時報》往我身上壓，想要粗暴地把我從桌子邊邊推下去，好像我是上一個用餐者吃剩的殘羹剩飯一樣，不堪入目。

我掉到地上，喊叫聲刺耳淒厲。

「牠至少也應該消毒一下啊，」他用鞋子把我踢得離他們的桌子更遠些。「這樣子，這種基因才能消失啊。」

就在我備感辛酸屈辱的時刻，聽到上方傳來一個新的聲音，是個年輕人急切地發話了。

「這貓不是垃圾！」是女生的聲音，口音很重，後來我才知道是哥倫比亞口音。「她是地位尊貴的貓！」

她心懷對珍貴人物的崇敬，迅速把我從地上抱起來，就在這位無名女英雄健壯的臂彎裡，我們匆匆走進咖啡館大門。這位美麗的年輕女子，烏黑長髮扎成馬尾，金黃膚色無比光滑，咖啡色的眼眸靈活生動，卻流露出熾熱怒火。她帶著我直接走過接待櫃檯，經過書店區，來到法郎與山姆同坐的桌子前面。

「她被人霸凌了！」她說，黑色瞳孔中有著痛苦的神色。

「是誰？」法郎的臉色轉為震怒。

「坐在外面那兩個人，」她扭頭轉向坐在桌邊的那對男女。「他們把她當成垃圾。」

「尊者貓，妳看看妳！」山姆關切地撫著我的臉。「掉進坑裡了嗎？」

庫沙里不知從哪兒冒了出來，送來一塊濕布和厚毛巾擱在桌上。

「娜塔莉亞，謝謝妳救了她！」法郎道謝時，她正把我放到毛巾上。

法郎喚來了庫沙里，兩人一起討論，集思廣益，他們看向霸凌我的人那邊，決定要採取一些行動。

「人怎麼能欺負無法自衛的貓？」娜塔莉亞著手輕輕擦掉我毛大衣上最嚴重的汙漬。

「我不知道妳認識仁波切。」山姆說。

「法郎先生告訴過我這位特殊訪客的事，而且叫我要照顧她。」娜塔莉亞用一種崇敬的態度對待我，這與我剛在外面遭人捉弄簡直是天壤之別。我留意到她穿著一條深灰與白色交錯的條紋圍裙，這是我第一次看到，好像象徵著某種身分。不是以前在咖啡館裡見過的制服。

過了一會兒，她見我的毛大衣比較乾淨，也蓬鬆多了，就說：「我去幫里卡多的忙。」她指著一個與她膚色相近的男子，他就站在餐廳一個很少用到的角落裡，旁邊還有一台新裝的不銹鋼機器。

「我們都很期待呢，」山姆看了一眼手錶，微笑說道：「其他人應該很快就到了。」

原來，自從我上次到訪，雨季開始後幾星期，法郎咖啡館剛開幕時買的老式濃縮咖啡機終於報銷了。自他創業以來，這世界發生了很多變化——其中一點就是人們越來越喜愛咖啡了。來到麥羅甘吉（McLeod Ganj）的西方遊客，無論來自大城小鎮，每天喝咖啡師的手沖咖啡幾乎已是常態。甚至很多當地人也養成了這種習慣。到處都有咖啡館和咖啡小站。法郎逐漸覺得「喜馬拉雅．書．咖啡」快跟不上時代了。

事不宜遲，他便研究了頂級咖啡機的機種，在某次清倉大拍賣買下一台幾乎全新的義大利咖啡機。他還接受瑟琳娜建議，把餐廳重新整修了一番，在陽台的一邊設計了一個對外營業的窗口。自此以後，「喜馬拉雅．書．咖啡」便開始供應麥羅甘吉的人們品質一流的咖啡——內用或外帶均可。

法郎購置了咖啡機後，接下來的挑戰就是要有人來操作，而這就是那兩名新員工的工作了。里卡多和娜塔莉亞都才二十多歲，來自哥倫比亞的咖啡種植區馬尼薩萊斯（Manizales），也都受過咖啡師的培訓和工作經歷，一開始是在波哥大，最近則去過巴塞隆那，也都是在東南亞各地旅行的背包客。他們上星期才來到達蘭薩拉，看到法郎的網路招聘廣告後才幾個小時就認識彼此了。法郎先調查他們的背景，在鎮上朋友的餐廳面試之後便錄用了他們。

事情就那麼巧，今天早上就是考驗的時刻，他們就要把新咖啡機的各種功能好好測試一番了。為了這件事兒，法郎和山姆已先到了，而他們的名譽首席品酒師、對萬事萬物滿懷熱情的義大利人兼本貓頭號粉絲——春喜太太大駕光臨時，門口突然一陣騷動。跟在她身後幾步的是瑟琳娜——沒看見嬰兒車還真是鬆了好大一口氣。

瑟琳娜的母親以一身海藍色波浪形禮服隆重登場，黑髮造型完美。一如往常，她戴著金色的時尚珠寶，向咖啡館對面的朋友們送出飛吻時，右手臂上六只手鐲便鏗鏘作響。自從她在達賴喇嘛個人指導下開始冥想以來，原先那位有如歌劇般浮誇的她，個性上已不再那麼像火山爆發了。不過，她的生動趣味從未曾減少一分。

跟在她身後的瑟琳娜還不到四十歲，過肩黑髮閃耀光澤，風姿綽約一如她的名字給人的感覺，和她媽媽形成完美對比。

「瞧瞧你們！」春喜太太張開雙臂，笑逐顏開，看向我們所坐的長沙發，彷彿我們是她所遇過最棒的朋友。她和瑟琳娜為法郎和山姆送上義大利式吻頰禮，然後作勢指向里卡多和娜塔莉亞所站的咖啡機那邊。「這不是很棒嗎！」

她見我站在骯髒的毛巾上時，刷著睫毛膏的雙眼立時露出傷心神色。「噢我的小親親！有史以來最美生物怎麼了？」

「我猜是掉水坑裡了。」瑟琳娜說。

法郎好像想要解釋得更清楚些，但後來顯然覺得還是別開口得好。

「噢，親愛的！」春喜太太彎下腰，不斷親吻我的頭頸處，幾乎令我窒息，然後她站起身來，臉色急切地喚來服務生。「小美人兒心情很差耶！」她大聲說道。還要求送來她治我百病的萬靈丹：「給她來點好吃的！」

服務生從廚房端出一小塊凝脂奶油時，春喜太太和瑟琳娜已在法郎和山姆面前坐定。雖然我仍然是眾人關注的焦點，但和我在戶外餐桌時所遇到的情況大為不同，也和在那之前幾分鐘，在尊勝寺廣場承受著男孩們隨意捉弄時很不一樣。

我真的是有史以來最美生物嗎？或只是隻沒用的廢物？到底是失能的跛腳貓，或是出身尊貴的貓？我有可能同時具備所有這些身分嗎？如果有，又是怎麼做到的呢？

我津津有味舔食凝脂奶油的模樣逗得人類笑呵呵，他們還笑著討論我吃得灰鼻子上都沾到了一小撮。可我不認為這有啥問題啊——那撮是晚一點要吃的啊！

馬塞爾感到事有蹊蹺，便從櫃檯下鑽出來，快步走上台階，輕推法郎的腳，要主人也給他來點好吃的。法郎就從口袋裡摸出一個零食來。

「沒凱凱的啊？」春喜太太問道。

法郎起身送零食給待在籃子裡的凱凱，回來時卻皺著眉頭。「我擔心凱凱呢，」他說。「她最近不太正常。」

圍坐的眾人都一臉關心的表情。大家的印象裡，馬塞爾和凱凱健康狀態一向很不錯。他們是「喜馬拉雅・書・咖啡」這個大家庭的一分子，大家一直都很重視他們的健康。

「不想吃東西嗎？」瑟琳娜問道。

「對啊，」法郎咬著嘴脣。「而且不知怎地都沒了光采。」

春喜太太憂容滿面。

瑟琳娜看見正在書店裡逛的海蒂，便揮手打招呼。海蒂走近時，她又喊道：「過來坐坐嘛！我們正要試喝『喜馬拉雅・書・咖啡』的第一杯咖啡師手作咖啡唷！」

海蒂・施密特是在兩年前來到麥羅甘吉的，當時是「下犬瑜伽學校」（The Downward Dog School of Yoga）的創辦人陸鐸在德國度完假後，帶著他這位漂亮侄女回來的。陸鐸這位銀髮戰士告訴學生，海蒂也是合格的瑜伽老師，他們的瑜伽學校未來會繼續經營下去了。

海蒂先到印度各地的靈修中心學習，十八個月後才回來幫陸鐸。結果證實她的瑜伽課人氣很高，吸引來更多年輕和不同族群的人加入。她熱衷於個人成長的新方法，這點即已讓她廣受歡迎。碧藍雙眸的美貌和真誠謙遜的姿態，也是人們深受她吸引的原因。

「咖啡我很外行呢！」她走近我們六個圍坐的桌子時坦言道。

「沒關係啦。」瑟琳娜堅持道。

「我不想當不速之客。」

「我們現在邀請妳啊！」

春喜太太拍拍她旁邊的沙發，示意海蒂可以坐那裡。

「我連衣服都還沒換呢！」她有些不滿意，剛剛才教完課的她低頭看著瑜伽背心和緊身褲。

「妳很美！」春喜太太說。

「只有我們而已啦，」山姆說。「都是妳的學生。」

「也是妳的朋友，」瑟琳娜補充道。其他人都表示同意。

那時我正在執行飯後淨臉，就我從餐桌上所見，我的貓族本能告訴我說海蒂不只是在客氣。她還有些別的什麼事兒。

「來吧，」法郎示意道：「坐下吧。我們可以了解一下妳們德國的品味。我想讓我們的東西合乎各種客人的要求。我們這桌有美國人，」他指著自己和山姆。「義大利人，」他對著春喜太太說。看著瑟琳娜時他則挑起雙眉，貌似有疑惑。

「義大利，或，印度，中間還去了英國。」她指著自己說道。

「妳是德國嗎？」他慫恿海蒂開口。

海蒂把垂落的瀏海往後撥，側身坐到春喜太太身邊的沙發。

沒一會兒里卡多就過來說，咖啡機已準備就緒。他三十出頭，和娜塔莉亞一樣，黑瞳晶亮，長髮齊肩，鬍渣和隨興的舉止流露出一股拉丁風情。

他滔滔不絕地說了一串咖啡選項，其中有些我根本聽都沒聽過。春喜太太和瑟琳娜點了義式濃縮，山姆點的是馥芮白（flat white），法郎要一杯LMTU（Long Macchiato Topped Up），說是一種加滿「質感奶泡」的新式瑪奇朵，海蒂則連聲抱歉地要了杯印度香料奶茶。里卡多記下了大家點的飲品，但多看了海蒂一眼——她是唯一沒點咖啡的人。

他走後，我邊聽著他們話題轉移到咖啡上，邊把自己安頓在瑟琳娜和春喜太太中間。不同國家或年齡族群的口味有何不同，世界各地不同國家的咖啡產區，根據其風土而產出不同風味。

春喜太太熱情擁護濃縮咖啡。瑟琳娜主張口味是後天習得的。法郎權衡後還是反對美國常用的風味糖漿。

這群人每回聚在一起，就會像老朋友般無話不說，百無禁忌。其間，法郎轉向一直沉默的海蒂，問她有何想法。

「我幫不上你什麼忙啦。抱歉，我幾乎不喝咖啡的。」她不再是那位在瑜伽課上指揮若定的老師；她垂眼盯著桌子，這是另一個我們不曾見過的海蒂。

「是避免喝到刺激性的東西嗎？」瑟琳娜問道，也是想拉她一起聊。

海蒂聳了聳肩說：「我從不擔心那個。」

「比較喜歡喝茶嗎？」山姆試探著。

海蒂搖搖頭說：「也不盡然。」

「這個沒選上，另一個也沒中，」山姆想要輕描淡寫帶過去。

法郎則悄悄輕推了山姆一把，同時擔心地看了瑟琳娜一眼。「好啦，我很高興妳點的是印度香料奶茶，」他告訴海蒂：「我覺得會有很多人點這個，所以也要有人試喝看看。」

但海蒂心裡想的並不是印度香料奶茶，顯然山姆剛才說的話打中了她。

「是這樣沒錯，」她看向山姆時，嘴唇抖動著。「我讀書時，真正想當的是芭蕾舞者。我上了芭蕾舞學院。」她環視桌旁眾人，但沒有特別注視著誰。「我也喜歡體操，有人說我可以當體操社的代表選手。但我沒辦法決定該選哪一個：芭蕾或體操。學院為我做出了決定。然而，我不能百分百投入他們的排練計畫時，他們就把我踢出去。我很失望。情況慘到我的體操表現也受到影響。」她身體前傾，用雙臂抱住自己。「後來體操社也沒有選我。所以我兩頭都落了空。」她回應山姆的凝視說：「你說的沒錯，這個沒選上，另一個也沒中。」

「但是妳後來成為最棒的瑜伽老師呢！」瑟琳娜首先跳出來反駁這套沮喪的說法，同時，山姆則顯得坐立難安。

「真的嗎？」海蒂抬頭看著她，狀甚苦惱。

「當然囉！」瑟琳娜堅定地說道，桌邊眾人也紛紛大力表示支持。

春喜太太啟動了母性本能模式，她撫著海蒂的手臂喃喃道：「係！係！」（Si，義大利文「是的」。）

「不然妳覺得為什麼有越來越多人來上妳的課？」山姆追問道。

至於法郎，他則宣稱：「妳的到來是下犬瑜伽學校所發生過最美好的事。」

若說海蒂出人意料地坦承她的自我懷疑讓大家都嚇了一跳——從他們的表情看來也確實如此——那麼，他們馬上能想到的也只是其表面原因。

海蒂搖了搖頭，停頓了很長時間後平靜地回答法郎說：「不清楚耶。我覺得陸鐸叔叔並不看重我。」

「他肯定很看重妳！」瑟琳娜反駁道。

「他怎會不看重妳呢？」法郎很驚訝。「我們瑜伽教室從來沒那麼受歡迎過啊！」

「因為他是很老派的，」海蒂說。「他寧願有七個認真的學生，也不要三十個來玩票的。我的課所有人都可以上。」

「這也很好啊，」山姆說：「並不是每個人都能用雙手支撐身體完成流動瑜伽的串連體位。」

「不過，就像你說的，」海蒂再次迎上他的目光。「這個沒選上，另一個也沒中。」

「我知道陸鐸是怎麼練成的，」法郎說：「他算是老派的。講紀律、講專心、下苦功。我甚至能聽見他說『玩票』那種口氣！」他模仿德國口音說出來。「但是學生不會在一夜之間就全心投入練習的。老師需要會帶人。而這正是妳做得最好的一點。」

海蒂還是不信。「我來這裡時，心裡抱著我能做些什麼的各種想法。就好比上週的聲音療法課。」

「那堂課很棒耶！」春喜太太的眼皮顫動起來。

「那是她第一次來瑜伽教室。」瑟琳娜說。

「好多年沒這麼放鬆了！」春喜太太擺出一副非常放鬆的模樣。

「陸鐸叔叔好像不覺得哪裡好。在身體上或靈性上有何意義？」

「太講究正統了啦！」山姆說。

「但他有他的道理，」海蒂反駁道：「一想到他為瑜伽教室所做的一切，你知道，我就覺得自己真配不上。我老是有一種感覺，我好像有點問題。為什麼我不能自己決定，當個芭蕾舞者或體操選手、瑜伽老師或帶領放鬆課程的人。這件事……好像是個反覆出現的人生課題。今天來你們店裡就是想看看能不能找到一本書，讓我不再覺得自己那麼庸庸碌碌。」

坐在對面的法郎快聽不下去了。「海蒂，要不是妳那麼難過，妳覺得『自己有問題』這種想法真的很可笑。事實上，妳什麼問題都沒有，但唯獨只有一件事……」

她看著他，一臉詫異。

「妳並沒有接納自我。」法郎坦白地說，但臉上有慈悲的光，「不管是芭蕾舞者或體操選手，其實都只是妳自己編出來的負面想法。再加上妳又經常這樣講，這讓妳一想到這些事就不只是想法而已，它們已經變成像是妳的真實經歷一樣。真相就是如此。」

她注視著他，目不轉睛。

「幸運的是，」他轉為柔和幽默的表情，「因為我們大多做過同樣的事，所以都可以和妳作伴呢！」見她神色錯愕，他又說：「而且啊，我們多半還繼續那樣做。條件反射的慣性真的很難擺脫。」圍坐桌旁的眾人皆點頭稱是。

「從小我爸就告訴我，我這一輩子會一事無成，」法郎自白：「在此同時，我的核子物理學家姐姐卻是我爸的掌上明珠。多年來，我也相信我一定是哪裡有問題，我肯定是有什麼根本上的缺陷，不然表現怎麼會這麼差，配不上我爸的愛？」

海蒂看起來很是吃驚。

「我也是！」山姆差點管不住自己。「還記得我剛來的時候有多憂鬱嗎？我日復一日地就坐在那裡，」他指了指靠窗的長椅。「我被美國一家連鎖書店裁掉了，」他向海蒂解釋道。「我知道我是個沒救的怪咖。讀書時，同學們因為我是怪咖，都對我很粗暴。所以，被解僱後，我就逃到印度來——卻發現我內心的怪咖也跟著來了。所以那時候我沒工作，也沒朋友，還一個人住在國外。」

「就這麼巧，他在對的時間出現在對的地方，只是他自己不知道。」法郎做了個挖苦的鬼臉。「這個地方曾經名為『法郎咖啡館』。我一直想轉型成書店式咖啡館，但我需要一個對身心靈書籍有研究的專家，這位……」他用手碰了碰山姆，「剛剛好就是。但妳以為他就會接受這份工作嗎？」法郎搖搖頭，笑笑地不以為然。「我基本上必須逼他替我經營這家店。」

「他真的是逼著我去做，」山姆證實。

「你是怎麼逼他的？」海蒂問。

「我是學旺波格西的。你知道，就是尊勝寺那位責任重大的喇嘛啊！」法郎挺起身子，裝出一副嚴肅的模樣，用拳頭敲擊桌面模仿道：「信心是必要的。更多的信心！你可以坐在那裡整天讀《西藏生死書》（*The Tibetan Book of Dying*），也可以開一間自己的書店，你覺得如何？」

「我覺得自己完全不知所措，」山姆說：「我的意思是，我只是在一家大書店當過助理。現在，法郎要我管理全部的事情。訂單、展場、會計。」

「這就是我所謂的『垃圾群組』。」瑟琳娜說。

她這句突如其來的評論驚動眾人，紛紛轉過頭來。

「你知道嗎，內在有聲音說：『不行，你做不到！』、『你以前又沒做過！』、『你能力不夠啦。』就好像三姑六婆聚在一起說『不行！不行！不行！』」其他人都笑了起來。

「這些群組我們都有。」法郎同意道。

「垃圾群組！」海蒂叫道：「我喜歡這個說法！」

「那妳拿他們怎麼辦？」山姆問：「垃圾群組？」

「叫他們滾蛋啦！」瑟琳娜加強語氣道。他們全都笑了。

「太過關注垃圾群組的話，」瑟琳娜望著海蒂，「那妳就什麼也做不了。妳就永遠都不夠好。」

「係、係！」春喜太太超級想插句話，「他們找我為尊者做飯時，我也這樣想過。」

「妳不會也這樣吧？」法郎驚訝地回應道。

「妳說『這個沒選上，另一個也沒中』，」她抓著海蒂的手臂。「那就是我。我做的是餐飲外燴。但我不是米其林星級主廚。對西藏料理也一無所知。我也曾因為內心的垃圾群組而壓力山大。」她用很濃的義大利口音說這句話時，其他人又咯咯笑了起來。

「那時我覺得啊……」她瞥了瑟琳娜一眼。「自己好像在冒名頂替誰一樣。」

「名不符實。」瑟琳娜為她說得更確實些。

「就是這樣。名不符實。」她同意道。

「冒名頂替症候群，」法郎說：「老是擔心會被識破。」

春喜太太點點頭。「我覺得這就是我心臟病發作的原因。」

有好一會兒，桌邊眾人都在回味剛才所分享的故事，也都能彼此認同。我呢，可能也已經分享了「自我懷疑」會不知從哪兒冒出來，而且來勢就像顆亮橘色足球般飛快。也可能會從一個有口臭的所謂專家嘴裡，說出你是個毫無用處的廢物這種話來。

「每個人都這樣嗎？」片刻之後，海蒂想要確認。

「差不多，」瑟琳娜點點頭，然後轉向山姆：「是哪位作家談過『無價值感』？」

「塔拉．布拉克（Tara Brach），」他立即回答，並指向書店說：「第三個架子那邊。

《全然接受這樣的我》（*Radical Acceptance*）。我們都會多留個幾本。塔拉・布拉克是心理學家，她也教授佛教知識。這本書很棒，我記得她講過名叫莫寒妮（Mohani）的白虎女王的故事……」

我的耳朵豎起來了。

「……她在動物園裡一個十二英呎見方的籠子裡生活多年。四周都是鐵條，還有水泥地。她經常在狹窄的住處踱步。後來，工作人員設法為她打造了一處有好幾英畝的自然棲息地，有山丘、樹木、池塘和大量植被。但真正可悲的是，她被放到那裡面後，卻只願待在一處十二英呎見方的角落，然後在裡邊踱來踱去，直到那塊地被磨得光禿禿的。儘管她大可自由地漫遊各處，但她就只在那塊狹小地面上度過了餘生。」

桌邊眾人露出悲傷面容。

「**即使可以有自由，我們還是會用自己的想法限制自己，**」瑟琳娜沉思道：「即使有自由，我們自己正是那個會阻礙自我實現的人。」

無言沉默中，大家顯得心事重重，有些人點了點頭，接著海蒂問道：「那，要如何改掉這個習慣呢？」

眾人一個個抬起頭來，看向法郎。

這樣的認可真是有趣。「法郎咖啡館」成立之初，因為老闆兼餐廳經理太過自負了，根本沒有人想要問他有關佛教的問題。當時的法郎一邊耳朵上戴著Om字型金色耳環，手腕上還戴著數不清的加持線繩，渾身滿是自鳴得意的氣息，他有佛法的所有外在裝飾，卻沒有半點智慧。而也正是這個人，在我們第一次見面，就在我被口水流個不停的魔獸馬塞爾死命追著我跑時，正準備把我丟出門去。

時間真能改變一個人！旺波格西照看著他的個性轉化。今天的法郎不再用外在裝飾物來凸顯他佛教徒身分。但多年來的冥想和學習使他平靜、善良、有智慧。他變成那種朋友會來問他問題的人，好比說該如何接納自我之類的問題。

法郎環顧四周，看著一雙雙眼睛，當然也包括我在內。「我想，可以從兩個層次來談。在普通的日常層面上，當我們了解到自己正在自我批評時，必須問：『為什麼我會這麼樣？為什麼我會如此嚴厲地自我批評？我不會這樣對待好朋友。也不會這樣對待陌生人。那為何我會那麼荒謬地苛責自己？』」

「一旦完全認清必須停下腳步，認清我們是在給自己幫倒忙，那就需要用正念來守護自己的心。必須一直密切關注自己的想法，好讓自己在陷入自我打擊的想法時能接住自己。」

「封鎖垃圾群組，」瑟琳娜說：「就算你真的很想封鎖，但這真的很難。」

「心智訓練。管控自己的心念，這很像體能訓練——就像瑜伽一樣，」法郎點著頭，與海蒂的目光交會。「即使妳知道自己確實想要什麼，那也需要時間。不能只是決定說『我想這樣做』。」他對山姆點了個頭，「就像，用雙手支撐整個身體進入流動瑜伽的體式中，就期待自己能夠完成全部動作。就像訓練身體，心智訓練也需要時間。我們必須一點一滴地持續不斷地練習，直到有天發現自己已經離出發地點有好一段距離了。」

眾人還在消化這段話時，海蒂提醒他說：「你剛剛說有兩個層次？」

「啊，對！」法郎往後靠向椅背，一臉沉思狀。「傳統版的和終極版的。我剛才說的是傳統版的層次——心智訓練。」

「那終極版的呢？」

「在終極版的層次上，」他歉然一笑，「我們必須自問：這個讓我如此絕望的『我』到底是什麼？在哪裡可以找到他？或她？為什麼有時我感覺自己這麼棒，而有時，卻深信這個『我』有很大缺陷。我怎麼會對『我』、『我自己』有如此矛盾的想法？」

他停頓了一下，讓大家可以理解他的問題。

「我是不知道你們啦，」他繼續說道：「但我自己即使處於最低谷，有時還是會有一些美好時刻，對自己感到相當滿意的時刻，不會全都是幽暗無望的。」

「係、係！」春喜太太同意道，突如其來的熱情讓她真摯的嗓音都啞了。大家也都笑了起來。

「真的是這樣！」她忽然回想起一段往事，人就變得更健談，也有點誇張。「法國總統說我的焦糖布丁，是他在博斯普魯斯海峽以東所嘗過最好的焦糖布丁，那時，我當然覺得自己很特別，儘管那時壓力大到我都快掛了！」

「當我能引用《阿毘達磨俱舍論》（*Abhidharmakośa*）當中的詩句，就是連旺波格西都很難完全記住的那句，」山姆坦言道。「我就覺得超爽的。」

「沒錯，」法郎說：「有時高漲。有時低落。有時自我感覺良好。有時，就沒那麼好。歸根究柢，」他回頭看向海蒂，「這個讓我們念念不忘的『我』的想法，無非就是……一套想法。」他聳了聳肩。「就是一則我編造出來，關於我自己的故事。對了，這個故事還很容易改編呢！就看我剛剛和誰在一起，喝了多少酒，或很多其他事情而定。這套想法還會與其他人對我的看法完全不同呢！那為什麼要被這種一時的想法搞得心煩意亂呢？」

海蒂細思這個根本性的概念，眼睛睜得大大的。「你是說『我』只是『一時的想法』？」她臉上有笑意。

他點了點頭。「到頭來，」他點點頭，「就只是一個概念。」

「這真的很……」她全身晃動，好像剛從游泳池裡出來似的。

「讓人有解脫感吧？」法郎微笑回應：「是的。不再把自己看得那麼重，**放下無止境的內省，而專注於當下的時候，你就會發現更多快樂。**」

「不管怎樣，」山姆勸她說：「不要再相信什麼『這個沒選上，另一個也沒中』這些負面想法。任何事情都可以用正面或負面的方式來陳述。」

「好比說適應力強，」瑟琳娜聯想道：「好比說有創意。」這讓海蒂笑了。

「要跳出思考框架。」山姆建議，這讓海蒂笑開了。

「令人耳目一新！」春喜太太握住海蒂的右手捏了捏，想鼓勵她。

「願意嘗試新事物。」法郎同意道：「又有多少人真的能說出這些話來？」

海蒂環顧桌邊眾人，一個個看著他們，滿是感激之情。「你們大家！我能說什麼？你們比去做治療好太多啦！」

「以實踐為本的心理學。這不正是達賴喇嘛說的嗎？」春喜太太問道。

我一聽到他名字就急切地喵喵叫。

大家都笑了，瑟琳娜伸手撫摸我。「尊者貓認證的唷。」

「我最喜歡的一點是，」法郎說：「無論在旅途何處，佛法都能對我們有幫助。你不必像山上那些人一樣成為優秀的修行人，」他手指向尊勝寺。「即使只是像我們這樣的普通人，也需要轉化自我的工具。」

他剛才說的話裡似乎有什麼東西引起了海蒂強烈的共鳴。她被他的話打動了，凝視著遠方許久。

里卡多和娜塔莉亞愉快地列隊前來。娜塔莉亞手持托盤，上面擺滿了各種尺寸的杯子，眾人眼神熱切地期待著；她在桌邊停下腳步，好讓里卡多把客人所點的飲品放在他們面前，他動作很講究卻有點兒緊張。

大夥兒全都沉默下來細細啜飲，就像電視節目裡高深莫測的評審團般品嘗各自的飲品。春喜太太第一個發言。「豆子是？」她向里卡多追問：「羅布斯塔，還是阿拉比卡？」

「我喜歡阿拉比卡多些，」他說：「比較清爽，果酸味較足。」

「完全正確！」她確認道：「漂亮！」

「相當順口，」瑟琳娜給予肯定，也注意到娜塔莉亞很自豪地看著里卡多。「有那麼一刻，我都覺得回到佛羅倫斯了！」

「我想知道你加了多少牛奶？」法郎抬高下巴指向他的咖啡問道。

「義大利文裡『瑪奇朵』的意思是『著色』，」里卡多回答：「所以，就一點點。」

「但你還另外加了什麼？」他問：「風味好像比較溫和。」

「帶點泡沫的熱牛奶，讓口感更厚實。」

「嗯，你讓我豎起大拇指了！」法郎舉杯祝賀。

「我也是，」山姆邊說著，邊給我們看他的馬克杯。「我注意到拉花的圖案。」

「我們也都注意到了！」春喜太太同意道。

山姆的咖啡上頭刻畫出山峰的剪影。

「其實，是娜塔莉亞做的！」里卡多說，她則在他身旁燦笑。

「神來之筆啊！」山姆告訴她：「我覺得妳為我們設計了一個商標！我們一直在想，該在出餐窗口上方的遮雨棚畫些什麼東西。」

海蒂是唯一一個還沒說點什麼的人。所有目光都轉向她。

「我習慣喝的奶茶會比較甜一點。其實，是甜很多的，」她說：「我們那裡是蜜糖般甜呢！但這個，」她抬起頭，望著他期盼的雙眼，「好像是不同的飲品吧？」

「很多地方的印度奶茶都是以糖漿為基底，」里卡多說：「我喜歡控制好甜度，所以我用的是自己的香料配方。」

「這杯喝起來很輕爽，不知為何……感覺也比較純淨。」海蒂微笑著。

「我是用杏仁奶做印度奶茶啦！」里卡多的聲調透著熱忱：「純素主義者很愛這道飲料，這也是我走上這條路的原因。」

他談到了他在巴塞隆那的日子。他是怎麼認識那些來學習藝術和音樂的人們、偏愛奶茶的人們，那些選奶茶、不選咖啡的遊客。這個話題似乎讓他著迷不已。

我注意到在桌子底下，娜塔莉亞偷偷用腳推擠他的腳，示意該走了。

「我也覺得杏仁奶搭配香料效果更好，」他繼續說道：「尤其是用奶泡器。會讓飲品有明亮度……」

他本來要繼續說下去，但娜塔莉亞再次提示他，手段也更強硬了，乾脆把鞋子踩到他腳上，同時之間卻依然笑容滿面。「那就請各位好好享用囉，」她說：「還是說，有想要多點其他的嗎？」因為只有我能同時看到桌子底下和桌面上的動態，所以想不透這到底都是些什麼事。一個咖啡師談印度奶茶這種迷人話題好像有點怪怪的。

我丟下這群要試喝更多飲品的人，退回我雜誌架高層的慣用雅座。興奮了這一上午，我已相當疲累，不久，便放鬆地打起午前的瞌睡。

但我這稱心如意的一覺卻讓人用最討厭的方式打斷了。有個噩夢般的陰影突然籠罩住我。最可怕的是，那股氣味令我猛然驚醒。這口臭，最近與這氣味有關的人物一樣令本貓不悅。

「天鵝海市和阿伯里斯特威斯市愛貓協會」的主席正朝著我靠過來，他的臉就近在咫尺。

「用她來拍張照片放在下一期雜誌會很棒吧！」那女子站在一旁，正準備拍照。

「我必須說，像這樣的名流照片，我想就直接上封面吧！」那名男子輕笑一聲，朝我的方向發射出新一波口臭。

「你得弄醒她啦，」女子催促道：「人家想看那對眼睛。」

主席正伸出手，要戳我眼皮時，庫沙里不知從哪裡飛撲而至，用力推開了這位客人伸過來的手臂。

「她可不是能隨便碰的！」他雙眼炯炯有神，神色莊嚴，令人望而生畏。

「什麼？」男人大吃一驚。

庫沙里不為所動，直接站到相機和我之間。「仁波切是不能觸碰的。」他重複道。

「你好大膽！」他妻子的怒火瞬間引爆。「雷格——告訴他！」

這男人挺起胸膛，有著芥末色口袋巾的萊姆綠外套抖動起來：「你知道我是誰嗎？」

「那不是……」

「我，是主席，」他發出尖銳的爆破音，「我是『天鵝海市和阿伯里斯特威斯市愛貓協會』的主席。」

他如果是美國總統，庫沙里或許還會在乎一下。因為這位客人這樣子跺腳，似乎讓領班更為怒火中燒。

庫沙里指著牆上的一個「注意」標誌。紅色圓圈內有個相機，然後上頭畫了一條線。那是三年前放上去的，當時是一群過度興奮的韓國學童吵得我不能午睡。雖然很少執行「禁止攝影」的規定，但還是放上這個標誌，專治像「天鵝海市和阿伯里斯特威斯市愛貓協會」的主席這類無理取鬧的遊客，還有他老婆。

他倆不得不離開。走的時候並沒少大聲咆哮說他自己有多重要，還威脅說要寫信給我們管理階層，要在旅遊 App 上給我們最低評價，還要告訴他們所有認識的、願意聽的人，他們在這裡受到了何等恐怖的對待。

我睜開眼睛的時間只夠目睹他們沒拍成照片，邊罵邊離開咖啡館。從我一出現被當成不祥物到我午睡這段時間，這兩位客人顯然已經發現了我的起居安排。結果，在不到一小時的時間裡，他們戲劇化地重新計算了我的價值，從一文不值的流浪貓，只配送去安樂死，變成他們急欲爭取的封面模特兒。

「在終極層次上，」我記得法郎說過：「我們必須自問：這個讓我如此絕望的『我』到底是什麼？在哪裡可以找他？為什麼有時我感覺『我』這麼棒，而有時，卻深信這個『我』有很大缺陷。我怎麼會對『我』、『我自己』有如此矛盾的想法？」

同樣的道理顯然也適用於對他人的理解。主席和他老婆突然改變心意，那與我無關。在「喜馬拉雅．書．咖啡」那段短短時間裡，我除了比來之前稍微少了一點汙垢之外，並沒有太大改變。

我沒變，所以是他們的態度不同了，完全是因為他們對我有了一個新的想法。僅僅是一個想法。我還是之前那隻身形肥短、骨架沉重、基因低劣的廢貓。是他們的心念重新認定了我其實具有魅力。

對魅力這種東西的想法一旦生了根，就會難以抗拒。他們再次坐到咖啡館的戶外區，這一次顯然是在等待。跟所有客人一樣，我來了就免不了要走——他們好像也是這樣想的。他們在館內的拍照行動遭到阻撓。但是，等到我走出來後，他們便再來抓我，到時就沒有令人生畏的庫沙里保護我了！這正是為什麼瑟琳娜和春喜太太試喝完咖啡，大大讚揚了里卡多和娜塔莉亞後，在離去之前，庫沙里還跟她們確認會帶我一起走。瑟琳娜走前面，春喜太太則把我抱在她豐滿的胸前，她們逕自穿過馬路，走向瑟琳娜那輛有著四輪傳動系統的頂級歐洲房車；這車是她先生席德為他剛出生的兒子瑞希出入安全購買的。

我警覺到咖啡館外面有兩雙眼睛盯著我瞧，而且怨念頗深。我在心裡頭記著了，這幾天要避免來「喜馬拉雅．書．咖啡」了。遊客來達蘭薩拉大多待幾天就走。我可不想再遇到那夥可怕的人了。

瑟琳娜發動汽車往山上開去，她興致勃勃地談起當天早些時候，她在尊勝寺為達賴喇嘛下一次貴賓午餐會做準備時，看到了展示在大接待室牆上的新物品。過了一會兒，我才弄清楚讓她熱血澎湃的正是克里斯托弗的畫作《太初黎明》。

「妳有聽說過被吸進畫裡這種事吧？」瑟琳娜告訴她媽媽說：「在我看到這幅畫之前，我從未真正有過那種感覺。那種像是被轉換到另一種空間、光線和美的感覺，真的很驚人。其實什麼都沒有，沒有物體，也沒有焦點。只不過注視著它而已，就會像是進入了更高的境界。」

「我會去看看，」春喜太太向她保證。「明天我會去盤點。」

「丹增告訴我，畫這幅畫的克里斯托弗・阿克蘭就住在安養院。」

「是瑪麗安開的其中一家嗎？」

瑟琳娜點點頭。「她把一間花園棚屋改成他的工作室。我會建議席德去找他。他的新辦公室牆壁什麼裝飾都沒有。那個地方需要振奮一下。這樣的畫作就是他需要的東西。」

春喜太太考慮了片刻，用一種嚮往的語氣說：「要是小公主又開始來走動，整個家也會振奮起來的。」她撫摸我時，手臂上的手鐲叮叮噹噹響。

我抬頭看著她若有所思的面容。

「我的小寶貝，我真希望妳和瑞希能做朋友。」

就像春喜太太所希望的，我也希望如此。然而，如果我今天早上有學到了什麼，那就是**別人對你的看法是無可理喻的，因為那些看法是他們自己心念的投射，不是你的。**無論他們認為你是好是壞，他們的看法都是你無法控制的。事實上，你對你自己的看法也只是一個想法，就算只有一個上午，也會劇烈地搖擺不定。就像喜馬拉雅山的一陣清風，轉瞬即逝，最終也無法有定論。

想找回我們非常年輕時，視為理所當然的無憂無慮，我們得先放下那些耗損我們的一大堆念頭和細節。若希望重新找回小貓般凡事不當真地開放坦承，我們對自己的想法就要越少越好。

我們很可能會拉開窗簾去看有趣的嶄新風光。探索、發現、解決問題。但是其他時候，在熟悉的日常生活中，當心靈遠離焦慮時，這世界看起來會更加愉快。當我們專注於當下的感受而不是頭腦中的聲音——包括「垃圾群組」吹毛求疵的負面言詞之時，滿足感會多更多。此時此地，在溫暖舒適的汽車裡，在春喜太太串串手鐲令人安心的叮噹聲中，在瑟琳娜輕快的笑聲和淡淡的香水味中，還需要什麼呢？我完全滿足了。

一個多星期之後，在行政助理辦公室裡，正在瀏覽當日媒體報導的丹增突然大笑起來。

這可不像是丹增會做的事，無聲淺笑比較像是他的風格。

坐他對面的奧利弗抬起頭來。

丹增搖搖頭。「你一定要看一下。」他咯咯笑著說。

奧利弗很快就走到他的電腦螢幕前跟他一起看。我眨著睜開眼睛時，剛好發現這兩個人從螢幕轉頭看向我。

「這不是是尊者貓吧？」丹增問道。

「完全不是啊！」奧利弗哼了一聲，「而且我覺得那裡根本不是麥羅甘吉！」

這篇來自當日英國媒體的文章是「天鵝海市和阿伯里斯特威斯市愛貓協會」的雜誌首頁。特寫是那個可惡的主席和他老婆的照片，他們跪在「達賴喇嘛的貓」安坐的矮牆邊。只不過那並不是我。我甚至從文件櫃高層就可以看到這一點。照片中的貓算是波斯貓，雙眼碧藍，鬍鬚茂盛。但與我相似之處僅此而已。

「我們訪問達蘭薩拉的亮點是親自覲見尊者貓。」丹增大聲念出標題：「尊者貓，妳已經晉升名流的新境界了！」他斜過身來對我說：「現在竟然有人造假說見過妳耶！」

奧利弗回到辦公桌前，笑著搖搖頭：「用如此奇怪的方式捏造故事。」

「覲見尊者貓？」丹增想要確認。

「或者說跟任何名流見面，真的是，」他聳了聳肩。「彷彿與名流短暫的邂逅就能讓自己更有魅力似的。」

「此人顯然認為這樣做讓他更有魅力了。」丹增從螢幕上轉頭過來，看著我湛藍的雙眼：「尊者貓，妳覺得怎麼樣？」

多希望我能有些深刻的見解。哎呀，其實我是在想，還好電腦無法傳送氣味。要是電腦連氣味都傳輸過來了，親愛的讀者，丹增和奧利弗現在就得捂著鼻子囉！

第三章　尊者貓的讀心術

瑜伽士塔欽：「要把布施做到圓滿，不一定得去幫助成千上萬的人，連好幾百人都不用。我們並不是要改變全世界，而是改變我們的心。我們給予慈愛、菩提心，直到它變得自發、由衷而生。」

千里眼。心電感應。各種神通。親愛的讀者，這些字眼會讓人豎起耳朵，不是嗎？貓鬚肯定也會抖起來的！

許多人之所以前來達蘭薩拉朝聖，是因為聽過許多藏傳佛教的神祕事件而深受吸引。他們想知道，紅袍瑜伽士真的能一眼看穿關於他們的一切嗎？這樣的人物可能有「悉地」（成就，siddhis）或有如輕功、飄浮甚至穿牆的超能力嗎？這些東西不單純只是古老遙遠的神話故事，而是在今時今日仍然真實存在的嗎？

多年來，我在尊者房間的二樓窗台上有幸旁聽了關於這些主題的各種對話。也與許多我剛剛描述的瑜伽士——男性女性皆有——會面。當然，我都會確認已在他們的袍子上留下一撮奶油色貓毛，好讓他們在回到自己的洞穴、廟宇或山林寺院以後，還能回想起曾在我面前所感受過的大喜樂。

如果您覺得我太自負，竟說自己是大喜樂的源泉，那還請允許我糾正您一下。其實，這樣的瑜伽士——無論男女，他們所體驗到的實相就是：存在於永恆喜樂狀態的。有貓沒貓。洞穴或城堡。人生的滄海桑田對這些人來說並不重要，原因很簡單：他們早已把自己的心念訓練到一定的程度，他們所體驗到的實相即為一種深刻持久的幸福。無論表面上境況如何，他們所感知的實相即為恆久滿足的實相。如果我們有幸有他們的臨在，能與之共處，那麼這樣的感知能力也會對我們有所影響。

您可能覺得奇怪，怎麼可能有這種事？凡人怎能達到如此崇高的境界——更不用說還違反了科學法則呢？

某日上午，奧利弗正把藏文翻譯成英文，我懶洋洋地躺在行政助理辦公室的文件櫃上時，看見他從譯文中抬起頭來。剛剛讀到的內容打動了他，碧藍雙眼泛著淚光。

「佛陀教導的核心真理之一，」他大聲讀出來，因為知道丹增不介意這類打擾，「我們的心念不只是感知實相，它還創造實相。」

我聽到他誦讀時聲音裡有興奮的顫抖。「多年來我一直在學習佛法，我知道這的確是核心教義。即便如此，」他搖搖頭，「有時候，這種最為基礎的部分依然能讓我深深感動。」

坐在對面的丹增把辦公椅往後推了一把。「簡單易懂的表達，」他說：「但意義是這麼深遠！」

「與常見的主張恰恰相反。」

奧利弗點頭。「理論上，我毫不懷疑我的心念會創造我的實相。靜坐就好像拿著鏡子，照見自己的內心世界。看見那些先入為主的成見、心理模式、反覆出現的想法，日復一日看著這些東西跑出來，我思考的內容、思考的方式以及我認為『什麼是正常』的那一整套想法，很明顯都是由我而生。我是怎麼用這些想法建立了我的世界、我的壇城。」

丹增點點頭。

「但我一從坐墊上站起來走到外面去，事情卻完全不是這樣。但就像這書上說的……」他繼續讀道：「一個與我們無關的獨立世界，眾生所能做的就是盡量利用這個世界，但事情根本不是這樣，比較精準的說法是，我們的實相完全是主觀的。其實，實相是一種投射。所以……」他停頓了一下，製造一點戲劇效果來凸顯他接下來要說的話：「如果能訓練心念去投射出一個全然不同的實相，那會怎樣呢？」

丹增點頭表示同意。他十指交扣往前向電腦螢幕伸展時，我在文件櫃高層便聞到一絲淡淡的消毒水氣味。

「這邏輯很合理，不是嗎？」

「訓練心念。」丹增確認道。

奧利弗凝視他一會兒，陷入了沉思。「西方文化的問題在於：這種訓練對我們而言實在太陌生了。」

丹增思索了片刻，頭歪向一邊。「也不會太陌生啦！」他說。

「怎麼不會？」奧利弗問道。

「西方有體能訓練啊！」丹增提示道。

「噢，對啦！」他同意道，帶著同情的微笑：「我們老是執著在身體上。」

「西方人會竭盡全力當個最佳板球運動員、足球運動員、奧運選手。」

「為體能運動奉獻一生。」

「還記得那個人嗎——鐵人三項那位？」丹增想起某次開會，一副不可置信的表情。

「就是每天晚上睡高壓氧艙那位。」這位鐵人訪客顯然也讓奧利弗留下了深刻印象。

「凌晨三點起床去三溫暖踩腳踏車，」丹增搖頭笑道。「尊者是同一個時間起身冥想。但那份決心還是令人感動。一心一意做一件事。」

「西方人好幾千年來就是這樣的，」奧利弗說：「從西元前八百年第一屆奧林匹克運動會開始，就一直崇拜體育健將、運動精英，如果他們能跑得更快或跳得更高，就用月桂葉來榮耀他們。」

「同時，也有很多人一直崇拜透過訓練心靈而有優秀表現的大師，」丹增說：「獻上花環給他們。那些智者和大聖人、苦行僧和女苦行者。那些重塑心念、提升意識的大師，一直是我們修行路上的英雄。」

奧利弗默想了一會兒，然後若有所思道：「我知道我對哪一種成長比較感興趣。人死時會脫離身體。無形的心念會繼續下去。」

他抬起頭看著丹增，又補充道：「再說了，冥想練習會帶來極好的成果。」

「是指悉地嗎？」丹增問，奧利弗點點頭，「在印度人的想像裡，各種悉地一直占有重要地位。就像西方人崇拜在身體上所能達成的優秀表現一樣——譬如突破四分鐘跑一英哩的障礙、走路到北極或是攀登珠穆朗瑪峰。」

「我只是希望西方人能夠明白，大修行者——學佛的成就者，他們並非生來如此。」

「你是說，他們比較像是東方的鐵人三項運動員？」丹增說：「他們專注於內在成長的目標，進行嚴格的心念訓練，還……」

「獲得訓練的成果，」奧利弗插嘴道：「在西方，人們如果相信有千里眼和心電感應這樣的能人，他們會認為那是與生俱來的天賦。」

「而不是訓練心念後的產物？」

「沒錯。不太有人知道心念訓練就像體能訓練，」奧利弗繼續說：「就好像去健身房。練習是王道，如果你得到適當的指導，又肯投入時間，你會得到成果的。」

丹增仔細聽他說。「心念安定下來，遮蔽的面紗就會消失。就不會雜思紛呈，而是能體驗到心的真實本質。」

「正如阿道斯．赫胥黎（Aldous Huxley）所說，存在的神聖根基（Divine Ground of Being）。」奧利弗回頭看了一眼他正在處理的書。「我們與這樣的心變得越加熟悉，就越能投射出一個非常不同的實相。一個從廣闊無垠的幸福，以及萬物彼此相關之中所生出的實相。」

我在文件櫃高層，放肆地抖動起全身，伸出前爪，然後打了個呵欠。

這兩人神情嚴肅地看著我。

「我有時候會納悶這小傢伙心裡都在想些什麼，」奧利弗說：「還有其他動物的心念都在想些什麼。」

「他們的心念是非語言的，」丹增說：「不像我們有那麼多的概念性思考。」

「那正是我們在冥想時想要達到的狀態啊！」

「在那種狀態下，悉地會自然出現。」

「你覺不覺得尊者貓有心電感應的能力？」奧利弗開玩笑地問。

丹增看著我，眼睛瞇了起來。「你記得上個月我們得帶她去做身體檢查嗎？我們還得多麼小心避開這個話題，憋到最後一刻呢？」

我當然沒忘記啊！他倆有多異常認真地工作，那模樣好像螢幕上有什麼東西牢牢吸住了他們似的。

「我毫不懷疑，要是我們有那麼一丁點去看獸醫的想法，她會馬上消失的。」丹增說。

奧利弗點點頭。「就是這個原因，所以我打從心底避免出現貓籠這類字眼呢！」

「我不知道這算是心電感應，還是非語言性的溝通，」丹增說完後聳了聳肩。「但他們真的什麼都一清二楚。我是說貓。」

奧利弗抬起頭來看著我，神色之間是對於精通讀心術的大成就者的敬重，就算此人存在於一個蓬鬆多毛的身體裡。「他們真的是什麼都知道。」他同意道。

出了尊勝寺大門口，路的一頭是往山下走，通往「喜馬拉雅・書・咖啡」；而另一頭則會經過花園，那裡面有一棵從安養院也看得到的孤獨雪松。同一條路再往前走是我最喜歡去玩的地方之一，周遭景物是比較郊外的。走過彎曲車道的盡頭有一個美麗的家，不僅外觀獨樹一幟，裡面也到處都有我們貓族喜歡探索的角落和縫隙。

「塔拉新月二十一號」是席德（悉達多的簡稱）和瑟琳娜，還有他們兩歲的兒子瑞希的家。席德前一段婚姻的女兒紗若，打從我們第一次見面，就覺得對方跟自己很親，目前她遠在牛津大學讀心理學。

自從瑟琳娜和席德生活在一起後，我就一直待在他們身邊。我看著他倆在「下犬瑜伽學校」同班上課。在席德舊居的門柱上也見證了他倆的愛戀，那裡是九重葛街一〇八號，離瑜伽教室不遠，是一座宏偉但有點像公家機關的建築。當時，瑟琳娜很驚訝，因為她發現自己喜歡的這個安靜又英俊的男子，竟是喜馬偕爾邦（Himachal Pradesh）大君本人——而他因為生性謹慎，所以竭盡全力隱藏這一點。席德曾經很擔心紗若對瑟琳娜有何想法，紗若的母親多年前死於一場悲慘的車禍。瑟琳娜在婚後努力懷孕，因為她擔心自己快四十歲，可能已經太晚了。

他們經歷過很多戲劇般的事件，不僅擁有達賴喇嘛的支持（瑟琳娜小時候在樓下廚房裡玩耍時就認識尊者），而且，還有另一個人持續在身邊支持著他們。

瑜伽士塔欽不是僧人，但他被尊為禪修者、大成就者，是位能啟發人心的老師。一般人也稱他為「仁波切」——意為「珍貴的人」——他有著最溫暖的咖啡色眼睛、看不出年齡的臉龐，灰色的八字鬍和山羊鬍則讓他看起來像是一位典型的聖人。最重要的是，你第一眼看到瑜伽士塔欽時，會有一種明亮的輕盈感、歡喜感。他傳遞的是一種難以言喻、卻很強大的感覺，即使他和其他人一樣有血有肉，但是，他又幾乎不存在於血肉之軀當中。

席德和瑟琳娜一直維持著春喜家的慣例，在瑜伽士塔欽靜修時予以贊助。我還聽見瑟琳娜告訴春喜太太，說他剛結束三個月在山洞的靜修。他答應要來時，他們都很開心，花園裡有間小屋正是為招待長住的客人建造的。

他們歡迎他隨時到主屋來和大家相聚。瑟琳娜說，到目前為止，他到訪的時間還不一定，停留時間也很短。一直等到過了幾天，他們才意識到，這看似隨意的拜訪，其實背後有一個特別的目的。就我自己而言，我真的很渴望再次待在他的面前——距離我們上次見面至少有一年了。

走到車道盡處，席德和瑟琳娜的家看起來一如既往地舒適宜人。這是一座占地寬廣、有高塔的平房，牆壁都是白色的，建築物四周有寬敞的環繞式陽台，最與眾不同的地方是有座約兩層樓高、鋸齒形城垛的塔樓，上面還爬滿了常春藤。塔樓樓頂是一個四面有大觀景窗的空間。我坐在那個觀景室裡都不知道幾回了，欣賞壯麗景色，並與太陽、月亮和這棟建築後方終年積雪的喜馬拉雅山群峰親密交流。

我向平房走去，經過完善的花園，綿延的青草地通往松樹林和九重葛花壇，萬紫千紅，朵朵怒放。自從席德買下了這個家，我就看著它逐步成形。後來在側邊加蓋了臥室。給客人住的小屋。最近，還擴建了一處有單獨出入口的空間，席德把那裡裝潢成他的辦公室。這個地方一直都有些小小的調整——而這正能滿足貓族好奇心——目前，這棟房子就像隻有著三腕的海星，在中心交匯。

我步上石階，停下來聞一聞訪客植物性化合物鞋底散發出的澀味。穿過敞開的落地門，越過一大面設計繁複的手工編織地毯，朝著發出聲音的方向前進。

他們圍坐餐桌旁，好像是在談生意。六個人都穿深色西裝，包括坐在首位的席德。仁波切穿著寬鬆的酒紅色襯衫、土黃色褲子和涼鞋背對著我，坐在長桌另一端，以他獨特的方式，好像處於另一個完全不同的實相之中。

他這次是隨意來訪，抑或是席德邀請他來？我還不知道。原本希望可以單獨見他，或許去他的小屋，這樣就能感受他臨在的空靈輕盈。我坐在入口處，看著會議進行，覺得他會加入這種場合，實在很奇怪。長桌旁的其他人，四男兩女，正在討論製造和行銷的難題，個個神情嚴肅。

過了一會兒，我弄清楚了他們都是香料包公司的主管，幾年前瑟琳娜在席德的支持下創辦這家公司。最初只是小規模經營，讓來達蘭薩拉的遊客訂購預先包裝好的香料組合，這樣他們自己就可以在家中享用和「喜馬拉雅·書·咖啡」相同的飯菜。公司的利潤則用來培訓當地社區失業年輕人的資訊科技技能，並幫助他們找到工作。

早期，瑟琳娜什麼都得做，賺來的錢全用來買電腦，山姆免費教資訊科技技能。然而，這份慈善事業做得很成功，現在雇用了二十名全職員工，與印度主要的香料生產商，以及全球各地的經銷商接洽業務。

每年都有數百名青少年從中受益，後來這個慈善組織所收到的求助數量，一年一年地驚人增加。

圍坐的主管們正絞盡腦汁解決難題，瑜伽士塔欽則把他的手垂放在椅子邊，用手指召喚我。他不必轉過身就知道我來了。他已經感知到了。

不需要進一步鼓勵，我便走到他坐的地方，摩挲著他伸出的手，感受他的指尖穿過我的皮毛，順著我翹起的尾巴往上滑。他不需要低頭——我也不需要抬頭——來表達我們再一次在彼此面前相聚的喜悅。低頭抬頭這種姿態根本多餘。

我穿過他的雙腿，用頭撞他的小腿，發出滿足的呼嚕嚕聲。和他打完了招呼，我便繞著長桌轉了一圈，來到對面與牆面等長的軟墊長椅上，然後跳上去，好看清楚開會過程——還有瑜伽士塔欽本人。我旁邊有一張優美的邊桌，上面擺滿了銀框照片，記錄精采的家庭生活。

除了瑜伽士塔欽，桌邊眾人顯然沒有誰注意到我。由於不習慣在這個家裡被忽視——儘管只是被訪客忽視——所以我還是啟動了一個活力滿滿的梳理儀式，順便測試他們的專心程度。首先，我以坐姿體位進行耳朵和臉部的清洗。接著，我躺下來，把我那蓬鬆的大肚腩徹底檢查了一番。因為還是沒獲得任何形式的肯定，所以我重新安頓自己，就像在瑜伽墊上那樣演示了一個非常特殊的體位，我垂直伸展一條後腿，再把另一條後腿水平放在座位上，以便好好在我最私密的部位進行最細緻的清潔動作——演奏大提琴。

親愛的讀者，這一切努力全都無濟於事。席德稍微瞥了我一眼，表情是分了心的。瑜伽士塔欽顯然被我逗樂了。但其他人好像都沒注意到我。

又走台步又梳理的，我終於累了，關於數位指標的談話內容也叫我心累，於是便舒舒服服地安坐下來，越過桌邊眾人，看向瑜伽士塔欽，觀察會議進行的地方。他的存在非常微妙，辦公室裡其他人好像都忘記了他也在場。

主管們向董事長大聲告別時，這才把我吵醒。席德在門口送他們離去，然後回到桌旁。雖然他努力掩飾，但今天下午這場會議的確讓他感到負擔。

席德是個高大優雅的男人，舉止自然而高貴。但此刻，他的臉都拉長了，肩膀也弓了起來。

「這次會議特別冗長乏味。很抱歉您必須親自出席。」他說著，重重地跌進了長桌前面他之前坐的椅子裡。

「我是不請自來的。」瑜伽士塔欽回應道，他的語氣自在，不像席德那般被壓得透不過氣來。

「有什麼看法嗎？」席德看向他。雖然說針對複雜的商業細節，最近才單獨做完三個月冥想靜修回來的人應該沒什麼好說的，但席德知道萬萬不可低估瑜伽士塔欽。

和往常一樣，仁波切從一個意想不到的方向切入回答：「只有一個問題。」他說。

「什麼問題？」

「你為什麼做這件事？」

「你是說，從事這門生意？」席德吃了一驚。

仁波切聳聳肩：「任何事？」

「喔……一開始是瑟琳娜想做。籌集資金培訓孩子具備工作技能。讓他們有更好的未來，同時也開創營銷管道……」

「非常令人敬佩。」仁波切插話道。

席德頓了頓，要繼續回答之前，他更深入地思考了這個問題。「瑟琳娜和我都覺得這是我們學佛修行的一部分。」

仁波切的眼睛為之一亮。

「圓滿的布施。」席德解釋道。

「你們的確幫助了很多人。孩子和他們的家人，還有那些遙遠鄉下地方的人。這沒問題。」瑜伽士塔欽的語氣中聽起來還有個「但是」。他還有一件事要說。

席德正仔細聽他說。

「學佛的目的是轉化心念，對嗎？」

「對。」

「這件事看來已經成了一門生意，就像你經營的其他公司那樣。」

「瑞希出生後，我就接手瑟琳娜這份工作。」

「我了解，」瑜伽士塔欽親切地看著他。「如果我們追求的是轉化心念，那麼『給予』

的感覺必須是真實的，必須是能觸動我們的心的。」他將左手掌舉到胸前，停在那裡。

席德思索了半晌才平靜問道：「你是說我們應該放下這項慈善事業？讓別人繼續做就好？」

「我想說的是，要把布施做到圓滿，不一定得去幫助成千上萬的人，連好幾百人都不用。我們並不是要改變全世界，」瑜伽士塔欽目光炯炯，「而是改變我們的心。我們給予慈愛、菩提心，直到它變得自發、由衷而生。」

席德思索著這段話時，之前的負擔似乎都減輕了。仁波切提醒的幾個關鍵原則有助他釋放壓力。「也許我們不知不覺把一開始做這件事的初衷給忘了。」他說。

仁波切說：「要真實，要創造真正的改變，仁慈對待那些與我們已經有業力交織、特殊連結的人，這樣是有幫助的。」他一邊說話，一邊把目光從席德的雙眼移到了我座位旁的桌子上，就是擺滿銀框照片那張桌子。他特別聚焦在桌子後方的一張照片。那是席德與另一名盛裝男子的照片，他們站在拱門前面。站在他們中間還有一位珠光寶氣的美麗公主——是那名男子的新娘嗎？

席德還在思考仁波切剛才所說的話，所以並沒有注意到他的老師目光所在。他甚至沒有看著仁波切的臉，而是看向某個遙遠的地方。

仁波切再次解說。

「對於那些與我們有著慈愛連結的人，一旦我們能發自內心地祝願他們幸福，」—他直接指著那張照片說：「這樣會比較容易在真實的意義上，擴展我們慈悲的範圍。」—

仁波切盡可能地讓訊息更清楚，就只差沒繞過桌子，拿起照片來遞給席德，或者大聲說出照片中的人名而已。他的訊息可說是再清楚不過了。

可是席德只是稍微看了一眼仁波切所指的桌子，他的目光接著又落回到中景某處。

瑜伽士塔欽的表情幾近沮喪，這是我所能想到的最接近的形容詞了。我緊緊盯著他的雙眼，慢慢地眨了眨眼。他懂的。這我能體會。

片刻之後，他站起身來，雙手合十放在胸口。

席德立刻站起身來，回應他的手勢，但是老師突然要離開，讓他有些吃驚。然而，仁波切還有什麼理由待在這兒呢？他已經傳達完訊息，而席德就只能了解這麼多。

他離開後不久，席德靠在椅上，陷入了沉思。然後，他開始整理開完會後的各種文件，走廊上傳來腳步聲和車輪聲，一會兒，瑟琳娜便推著嬰兒車進來了。

瑞希看見爸爸，便揮舞雙臂，高興地咯咯喊，在這同一瞬間，瑟琳娜瞧見了我。

「噢，我知道了。」—她朝我點點頭，便趕忙移動嬰兒車，讓它面向另一個方向。

我本來就站著，這才要從長椅上跳下來呢。「別、別、別動！」她邊命令我，邊叫喚瑞希的保姆瑪莉雅來把嬰兒車推到辦公室另一側。

過了一會兒她轉過身來，身旁嬰兒車已不見，看我還在原地，這才鬆了一口氣。

「好險啊，」她俯身親吻席德。她身著天空藍洋裝，散發著柑橘香味，令人心生歡喜，一如往常地熱情活潑。「瑞希沒看見她，」他倆望著我，她繼續說道：「她現在幾乎都不來了，我可不想把她嚇跑。」

席德點著頭。「剛我們開會時，其實有兩位仁波切在場呢！」他說。

「真的嗎？」她取下肩上的包包，放在桌上，拉出一把椅子，坐到他身旁。「怎麼樣？」

「我們把事情都討論完了，」席德的語氣平穩：「老樣子。供不應求。」

瑟琳娜點點頭。

「整個下午最有趣的一件事，是仁波切說的話，令人出乎意料。」瑟琳娜一臉納悶。

「噢，是另一位啦。」

「大家都走了以後，他問說，我們，其實是『我』，為什麼要做這件事。」

瑟琳娜眉頭深鎖：「負責這項業務？」

「任何有關的事，」席德說：「首先，我告訴他，我們想要幫孩子們做好工作準備，同時也宣傳在地的香料生產商。但他要的是更深層的理由。所以我就告訴他，做這件事是我們學佛的一部分。」

「布施。」瑟琳娜同意道。

「對，然後他就說，要把布施做到圓滿，並不是說我們得去影響成千上萬，或好幾百人，我們不用拯救世界。」

他看著瑟琳娜的雙眼，臉上的表情意味深長。「他說，要把布施做到圓滿，是表現在個人的轉化上。最好是從我們已經很親近的人做起，我們和這些人已經有業力上的連結，我們可以從他們開始，培養我們的慈愛之心，然後才把同樣的感覺傳遞給我們不熟悉的人。」

該我上場了，機會來了，可以幫忙傳達仁波切剛剛講過的訊息。我沒有這位仁波切那麼地細膩，我是起身並簡單地演示了拜日式。

瑟琳娜點點頭。「這與宗喀巴大師對修持『自他交換法』的建議相同。真實感受的重要性。」

「他就是這麼說的。」

他倆望著我沿著長椅走到那張邊桌後，先聞了聞木材亮光劑刺鼻的味道，然後才跳上桌去。他倆默默看著我，我就憑著我貓族的直覺，在相框之間穿梭著，並且留心不把任何一張碰下桌去。但瑜伽士塔欽明確指出，並試圖引起席德注意的那張照片則是例外。就是那張我肯定要碰它一下，讓它掉在打蠟的地板上時發出哐噹哐噹聲響。

接下來，我便跳下桌子，再跳回地毯那邊。

瑟琳娜立刻走來桌子這邊。「仁波切呀，那邊可不是我希望妳待的地方啊！」她喊叫道。沒錯！那邊不是我該去的地方。

「奇怪了，到底是什麼……」她邊沉思邊大聲說著。然後，她走到桌邊，注意到掉落的是那張照片時，便拿起相框用手比劃著。

「是你去參加阿爾罕和賓妮塔的婚禮耶！」她說。席德好奇地聽她繼續說。「這讓我想起了……我一直想問你，但老是忘記。你有聽說賓妮塔的事嗎？」

席德搖搖頭，「最後一次聽到是關於阿爾罕的葬禮……」

「他們好像是財務上出了問題，和你料想的一樣。」瑟琳娜擺出不祥的臉色。

「賓妮塔和女兒們失去了房子。她們現在住在德里某個恐怖的貧民窟。」

席德眼神凝重，往下看著地毯。

「這妳是從哪裡聽來的？」過了一會兒席德問道，目光仍然盯著地板。

「是艾米莉．卡特萊特說的。」

「她和賓妮塔以前讀同一所學校。」

瑟琳娜把相框放回桌上。「她一直都沒聯絡你嗎？」

席德搖搖頭。「或許瑜伽士塔欽是這意思。」

「如果他知道阿爾罕之前是怎麼說你的……」瑟琳娜搖搖頭表示不同意。

「他是仁波切啊！」席德看著她的眼睛。「他自然是知道的。而且啊……」他回想剛剛的對話，「他應該真的有指向桌子那邊，只是我那時沒太注意。我忙著想弄清楚他的意思。」

我朝敞開的門走去。「仁波切！」瑟琳娜在我身後喊道。

我轉過身，用藍寶石雙眼注視著她。「妳不留下來吃點心嗎？」

通常我對各種食物的引誘皆保持開放態度。然而今天下午，我已經與瑜伽士塔欽重新建立起我想要的連結了。也完成了意外的任務。所以，我走回陽台，冒險投入喜馬拉雅的暮色中，吸聞著附近樹林送來的松木香氣。溫暖的雨季薄霧中閃爍著點點暮光。我今天的任務成功。

一天當中我最喜歡的時刻是黃昏，那時，丹增和奧利弗會來尊者辦公室。他們的來意很簡單：追蹤事情的進展，以及為明天做好準備。我想，就是全球各地都在開的那種會。但正是他們聚在一起的那種氛圍吸引了我，讓我從窗台跳下來，又跳上達賴喇嘛身旁的椅子。

這三人真誠地欣賞彼此，共同支持由衷的理念。更重要的是，他們共有的開放性具有一種仁慈的特質，一種自發性，即使過去已經開過一千次這樣的會，但每回聚在一起，都會有一種充滿嶄新可能性的感覺。

那天下午，丹增像往常一樣用托盤端著綠茶到來。奧利弗則拿著他在翻譯的一疊很厚的手稿。他們更新了彼此當日的活動，還討論了本週剩下幾天的計畫後，達賴喇嘛便往後靠在椅子上，從奧利弗的金髮碧眼、詼諧的臉，看向丹增的藏人特徵、敏銳、親切、兩鬢漸白的短髮。

「那你們呢？」他帶著由衷的敬意問他倆：「你們是不是進行了一些有建設性的討論？」尊者有時會這樣，他只是尋常問問，或者他只是在提示他們說說他已經感知到的東西？這不好說。

奧利弗生性不太拘謹，因此率先回應：「丹增今天早上針對訓練心念提出了一個很棒的觀點，對某些受眾可能會有所幫助，」他邊說，邊摸著手稿。「我稍早念了一些內容給他聽，當時他就說，雖然訓練心念這個概念對很多人來說可能很陌生，但訓練身體這件事我們西方人都認為是理所當然的。」

尊者馬上笑了。「還記得在華盛頓特區，」他對著丹增做了個手勢。「早上拉開飯店房間窗簾看到的第一件事，就是這個，」他模仿了一個慢跑的動作。「每隔幾秒鐘，就有一兩個人慢跑經過飯店。」

「一整天呢！」丹增呼應了這個笑點。

「甚至到了晚上八點、晚上九點，甚至晚上十點，都是這樣！」達賴喇嘛裝做在慢跑的樣子。「不斷訓練。白天黑夜。鍛鍊身體。洛杉磯也這樣，雪梨也是。」

「東方自古以來，高人都是有在鍛鍊心念之人，」丹增說：「在西方，高人則是鍛鍊身體的人，像是奧林匹克運動員、體育明星。」

尊者想了想，點了點頭。「不錯，」他用他那溫暖的男中音說道：「但即使是永遠不會成為體育明星也不會參加奧運的普通人也是這樣。然而，即使他們明白鍛鍊身體的價值——有能力因應發生在身體上的事，保持良好體態。那訓練心念呢？有能力處理發生在心理層面的事，維持情緒健康，這一方面卻沒有太多了解。」

「結果呢，」奧利弗繼續說，「對於心念那自然的本質，就理解得比較少了。本來是大家都有能力做的事情，卻變成需要接受訓練才能體驗到了。」

達賴喇嘛點點頭。「佛陀在《沙門果經》中開示了練習冥想的果報。會有更高的成果、洞見和神通，他解釋得很詳細。」

「在西方，若真有人相信有千里眼或讀心術這種事，他們會以為要不就是你天生有這些能力，要不就是沒有。」

尊者聳聳肩。「比較安靜的心念很自然就會出現這些能力。太多粗略的概念性思考，就沒有餘裕去注意到精微的現象了。」

在他身旁的我，回想起那個下午在席德的會議桌邊的情景。瑜伽士塔欽以一種顯而易見的方式，想要讓席德注意阿爾罕和賓妮塔的照片。而席德在想事情，錯過了暗示。即使有更高覺悟的存在願意相助，除非我們在心理上處於開放、接受的狀態，否則還是無法得到幫助。

「如果不訓練心念安靜下來，就很難認清眼前的事物——就像在暴風雪中什麼都看不到一樣，」達賴喇嘛繼續說：「但是透過一定程度的訓練，心靈的真實本性就會變得更加清楚。獲得一種心靈清晰明亮、內心持久平靜的感覺。」

「本自清淨的心性，」奧利弗確認。「如來藏？」

尊者微笑著點點頭。「對我來說，大家都能為自己找到如來藏，是件很棒的事。大家都擁有這樣的初心啊！」

達賴喇嘛說話的時候，也在另一個更微妙的層次上傳達他所說的話，邀請我們共享他自己的意識體驗。儘管我們仍舊是三個人和一隻貓同坐在辦公室裡，但是我們以不同的方式共享了一個不同實相的開端，而且很快就帶來了一種無限寧靜的感覺。我們習以為常的關注焦點、思惟習慣或擔憂罣礙就像海面上的泡沫。在更深的層次上，我們所共享的意識是相同的：光輝燦爛、無邊無際、無比幸福。

「說到底，我們眾生都有佛性。」在那股愉悅的能量光照中，很難分辨尊者是在大聲說話，或是在直接與我們的心對話。「佛性不曾出生，因為它沒有開始。佛性不會中斷，因為它永不毀滅。我們的目的是覺悟佛性，證悟我們的究竟本性，正是純粹大愛以及純粹大慈的存在。」

第四章　「能量」的夢幻之舞

尊者貓：「重回到某個我們可以敞開心扉去投入的活動，不是為了什麼物質報酬或利益，單純只是為了那件事本身的快樂。」

它可能隨時透過任一個感官襲擊我們。當瞥見某物或某一特殊視角，有可能會讓我們停下腳步，但箇中原因我們自己也說不清楚。香味的氣息有可能會在瞬間將我們移轉到舊時舊地，帶著一種讓我們措手不及的情緒重量。

以我自己來說，這種東西是聲音。

過去兩個星期以來，幾名工人占據了急救室，就是行政助理辦公室出來後走廊上的另一邊。這是我剛來尊勝寺時最先熟悉的地方。小小間、白色的，像診所，配有一張床、兩把高直背椅，和一個裝滿醫療用品的大櫃子。由於這間急救室很少用到，丹增有時會去那裡吃他的三明治午餐，同時收聽英國國家廣播公司的節目。我們就這樣在那裡休息、學習了好長一段時間。對於一隻小貓來說，在熟悉的地方還能另有一個稍加變化的天地，沒什麼比這個更為可喜的了。

最近，我總會避開工人們粗魯的說話聲，還有他們來回走動時耐磨靴子的叩叩聲──每次他們一來，還會有很多砰砰聲，餘音還會在走廊上迴響。

但某天早上，我從尊者居所出來才發現他們全都走了。我們這樓又回復平靜了。就在我走近急救室門口，想聞聞看有什麼新鮮有趣的味道時，我聽見了那聲響。而且必須馬上進去。

我抓著門，大聲喵喵叫。片刻後，傳來鑰匙在鎖孔轉動的聲響，門稍微打開了。

「尊者貓！」奧利弗的臉籠罩在我正上方。他沒戴眼鏡。我不需要他邀請，便繞過他的光腳丫子走了進去。

裡面的聲音又大多了——而且非常愉悅。

奧利弗把門上了鎖。

從我上次來了之後，急救室的面積擴增了一倍多，牆上有扇門通往新房間，裡頭有套現代化的洗手台、馬桶以及——我想都想不到的快樂源泉——淋浴間。奧利弗從腰間取下毛巾，走進小隔間裡。我則直接走到磨砂玻璃旁那塊墊子上，抬頭凝視，目瞪口呆。

我們貓族永遠不會停止迷戀各式各樣的流水。但這種特定的出水方式既令我著迷，也意外地讓我回想起了我幼年時期。那是達賴喇嘛救我出來之前的事，甚至是我在新德里流落街頭之前的事了。在那個時間範圍內，我完全不知道自己有何理解、有何回憶，因為當時年紀實在是太小了。畢竟，這段記憶是發生在兩個想要賺錢的流浪兒，把我們兄弟姐妹從家裡偷走以前，很久很久的事了。

難道說，從我剛出生起，我就不知不覺地懷有關於淋浴間的記憶？還是說，在我出生的人家裡，我曾碰觸過湧流而出的愉悅之水？又或者，是像榮格博士所主張的那樣，是貓族集體潛意識的召喚使然？

那天早上肯定有什麼東西觸動了我心。某種我從未體驗過的認知扭曲，美妙又無法理解，讓我感覺到自己與一個不同的實相有了連結，這個實相顯然一直都在，我卻從未察覺，而它，只需轉動水龍頭便能看見。

水落下時，奧利弗哼著歌。這好像也轉換了他的心情。不僅有持續不斷的水流，還有從瓷磚和磨砂玻璃流下的可愛水珠串。水流進排水孔時的漩渦。「能量」的夢幻之舞啊！

他待在淋浴間時，我完全著了迷。他一走出來，我便走進去。他什麼也沒說，只是看著我嗅著瓷磚，舔著小水窪，把腳肉墊和尾巴毛都弄得濕濕的好開心。他用毛巾擦乾身體並換上長袍，我則在這嶄新又懷舊的原鄉駐足沉思，能在自己家裡找到這樣的地方，內心萬分欣喜。

「尊者貓，妳認可這地方嗎？」奧利弗過了一會兒問道，這問題還需要回答嗅。雖然我很熟悉尊者的浴室，但那裡面就幾乎只是個浴缸——浴缸是一種完全不同的東西，我實在沒什麼特別興趣。

奧利弗身著浴袍，擦拭著臉盆和各處表面，清除他使用過的水痕，他說：「妳要是知道，我以後會常來這兒淋浴，應該會很高興吧！我騎自行車上班的話，就會進來沖澡噢，像今天這樣。」

他低頭往下，看著我的雙眼。「這塊得去掉。」他拍了拍自己的肚子。

我側身靠近他的雙腿，用尾巴繞著它們轉。

「想必，我得多多騎自行車了。」他說，眼鏡後方的藍眼睛陷入深思。

那週過後的某一天，我去了「喜馬拉雅．書．咖啡」。因為雨季最糟糕的狀況逐漸遠去，斜坡邊上所謂的愛貓者也真的淨空了，所以我穿過廣場，走出大門，往咖啡館走去，一路暢行無阻。咖啡館正是全力以赴供應午餐的時刻，此外，新的對外窗口還排起了一條短短人龍。照這情況看來，娜塔莉亞和里卡多也是火力全開呢！

走往雜誌架的路上，我經過接待櫃台下方籃子裡打瞌睡的兩隻狗。我停下腳步時，馬塞爾像往常一樣站起來，只為了好好吸吸我的味道。凱凱是較為溫柔的靈魂，與我同為被救出來的寵物，她通常會邊向我走來、邊熱情地搖尾巴。然而，今天早上，她原地不動，鼻頭埋在毯子裡，只有睜開眼睛一下子，稍微打個招呼便罷。

看到咖啡館常客緊抱著他們，寵愛有加，大家多半會以為這法國鬥牛犬和這拉薩犬一直過著嬌生慣養的生活吧。然而，就凱凱而言，事實遠非如此。

我還清楚記得有一天我去行政助理辦公室時，第一次發現凱凱待在暖氣機旁邊的柳條籃子裡。我一察覺這機密內室竟被闖入，而且闖入者是狗時，我馬上嫉妒萬分——儘管是條異常瘦弱、皮毛狀況奇差的狗。後來聽說她被帶到這裡的原因時，原先的憤怒被悔恨取代了。

她原來的主人，達蘭薩拉某戶人家已經搬走了，卻把她留在舊屋廚房內。她在夜間淒切嗚咽，那聲音引起某位鄰居注意。過了兩個晚上，他才破門而入，找到她時，她被沉重鏈條約束著，沒吃沒喝的，都快餓死了。

可憐的凱凱在她生命開端就遭受了巨大的痛苦。多虧了尊者當時的行政助理之一邱俠，他認識救出凱凱的鄰居，也認識後來願意收養她的法郎，她才能享受目前的生活。

現在她又受苦了。我逗留了一會兒，好希望自己也有和達賴喇嘛一樣的力量，能夠把很多人在他面前所感受到的那種無邊無際的幸福體驗傳達出來。我仔細看著她，慢慢地眨了眨眼睛。她看著我時，尾巴抽動了一下。然後就把鼻子藏進毯子裡，再次閉上雙眼。正如馬塞爾和我所見，這些事根本無需語言多加解釋。我倆都很清楚了。

那天下午，我從雜誌架高層視察著咖啡館裡的日常喧囂——室內是特意混搭東西方的設計，白色桌布和藤椅，牆上則裝飾著刺繡的西藏壁掛或唐卡。遊客可以遠離印度的過度刺激，在這個寧靜的避風港，滿心感激地坐在椅子上，點選菜餚和美酒，在這個既充滿喜馬拉雅異國情調，又有家的感覺的環境裡放鬆身心。接下來，他們會再進一步探索，爬上幾個台階，到山姆的書店買幾本書和雜誌。

午飯後休息時，我睜開眼睛便看到，在一處比較裡面的長椅上，里卡多正為一位迷人的年輕女子送上印度奶茶。我花了一點時間才意識到那是誰——海蒂！而且有化妝，這是她教瑜伽時從沒做過的事。而且，她看起來比起我上次見到她時更加活潑了。

睡完好覺醒來後，他們倆還在興致勃勃地聊著，但里卡多已坐在她對面的長椅上。海蒂不時地會偷偷瞄一眼咖啡機那邊，娜塔莉亞一直在那兒應付著下午的人潮。我注意到，里卡多一次都沒看向娜塔莉亞那邊。

過了好一會兒，里卡多起身向海蒂柔情道別後，這才走回咖啡機前。他一回去，娜塔莉亞就走到另一邊，還從脖子上扯下咖啡師圍裙，扔到櫃檯上。隨後他們短促、有點激烈地互動了一會兒。後來，她就很快地衝出咖啡店了。

最近幾個月，法郎養成了一個非常有趣的習慣。他會巡視他的咖啡館領地，先檢查一下咖啡館裡的庫沙里、書店裡的山姆，現在還有咖啡站的娜塔莉亞和里卡多，看看一切是否都在掌握之中。然後他會打開雜誌架旁邊的門，這門後有一道樓梯。我會聽到他上樓的腳步聲，而且沒一會兒，馬塞爾和凱凱就會奪籃而出，爭先恐後地追上他。

「喜瑪拉雅．書．咖啡」樓上是一間公寓，多年來權充多種用途——這裡曾是書店剛開幕時山姆的臨時住所，也曾是瑟琳娜開創香料包業務時的辦公室。這兩人已經搬出去很久了，我自然很好奇為什麼法郎會經常去那裡——而且一待就是半小時左右。

有一天，我決心要自己找出答案。才踏上樓梯第一階，我就感知到樓上飄來的音樂聲。到了第二階，聲音就更大了。才不是樓下咖啡館裡播放的那種背景音樂。樓上這兒的，更為緩慢，更為悠遠。

看到樓上的門半掩，我便擠身進去，走向以前那個當作休息室的地方。法郎攤開四肢，一動也不動地躺在毯子上，正聆聽著手機喇叭所播放的音樂。聽起來是古典樂，從淒美又抒情的大提琴旋律開始，接著是變奏，在音階和音量上累積著能量，然後奔向宏偉的管弦樂高潮。房裡有兩個以前用來裝飾座椅的墊子，馬塞爾和凱凱就待在主人身體兩側格子圖案的墊子上，也是一動也不動地躺著。於是，我也就地躺平，在百葉窗半閉的黑暗中聽著音樂。

音樂結束後，整個室內鴉雀無聲。良久，法郎與二狗就躺在那兒，彷彿仍與音樂有所共鳴，仍然為那樂音所傳達的真摯情感而心動，任由那衝擊持續襲來，再一點一點地退去，有如沙灘上海浪退去一般。

最後，法郎用手肘把身體撐起來，坐好。

「噢，仁波切，妳也和我們一起噢。」他看我在窗邊躺平了，便如此說道：「我還在奇怪說，不知道妳還要多久才會上來呢！」

那一刻，我才意識到，樓上和樓下兩道門都半掩著，實非偶然，是法郎在邀請我。

這件事兒一旦有了第一次，我還真的是很樂意做下去。這些音樂通常在本質上都是冥想用的，法郎有他最愛的幾首，我以前聽他說過。

無論是「提琴雙傑」（2Cellos）的電影主題曲《May It Be》、巴伯（Barber）的《弦樂慢板》（Adagio），或是莫札特的《讚美上主》（Laudate Dominum），其中都有一種振奮人心的超脫，一種被移轉到不同實相的感覺。

有幾回，我發現法郎沒有躺在地板上，而是站在房間中央揮舞著手臂，房裡則響起了更生動的音樂。我花了一段時間才弄清楚，他正想像自己在指揮一支管弦樂隊。指示正確節奏、提示樂器加入，透過手勢表情傳達音調變化。這不是靈性上的鍛鍊，至少嚴格來說並不是。但這件事對法郎來說很特殊——對他兩隻忠狗來說也是。

我早已知道古典音樂在他成長時期扮演了很重要的角色。他在舊金山長大，學過鋼琴——我曾多次聽他在咖啡館彈立式鋼琴。是進修讓他擴展了更廣泛的音樂體驗，遠比他原本能夠欣賞得到的要多。而他後來練習冥想，這意味著他現在以及往後的生活，只要房間裡光線柔和，他躺在地毯上時，便能夠聚焦而不會分心，他的專注力讓他與體驗即時同步。充分地活在每一刻，察覺每一處細微差別，全然接受作曲家和演奏家的每一處呈現。這意思是，較之以往，所傳達出來的音樂更有力量了，其清晰與強烈的程度是言語難以形容的。

就在這特別的一天的午後時刻，法郎巡視過咖啡館、書店和咖啡站後，出現在步上樓梯的門口時，馬塞爾便從籃子裡竄出來，朝他的方向小跑步過去。法郎上樓梯上到一半時停了下來，回頭看向櫃台下的籃子。凱凱沒出來。

法郎不上樓了，他盯著籃子，走回櫃台，把這隻小拉薩犬緊緊抱在懷裡。他溫柔地抱著她上樓去。

那天下午的冥想活動是不一樣的。馬塞爾躺在法郎左邊的墊子上。但當法郎慢慢地倒向地毯時，他把凱凱抱在懷裡，讓她躺在自己的胸前，靠近他的心臟位置。

他從選單中挑選曲目時，我看他的嘴型說的是《鏡中鏡》（Spiegel im Spiegel）。那一個個鋼琴音符聽起來好純淨、好輕盈，宛如他胸口前脆弱的小生命。精緻的韻律中懷有細膩和柔情，伴隨著低音大提琴的慢板琴弓，以一種柔和卻雄渾的力道予以撐持。

聆聽著這首作品會讓人完全著迷。它是用音樂描述一種不張狂、卻能深切感受到的愛。而到了最後，鋼琴音符輕悄悄地走開，越來越高，感覺就像是一種理解。無論在一起時所創作的音樂有多美妙，但兩者還是得分開，至少在此刻必得分離了。

音樂結束後，我們安靜地休息，彼此都認同所發生的事和各自的感受，這些年來我們互為親愛的朋友所分享的一切，以及在一起的時光裡那些美好、卻也極為感傷之事。

快到家時，我沿著常走的戶外路線回到與達賴喇嘛合住的公寓，該路線可避開內部樓梯和保全，接著我便聽到廚房傳來清晰的聲音。是春喜太太。

「四億！」她驚呼道：「妳告訴過我公寓大樓的事，這我知道，但是，四億盧比！」

「而且這還不到他買價的一半，」瑟琳娜的語氣冷冰冰的：「而阿爾罕當時是非常清楚的。」

我正從敞開的廚房窗戶滑到櫃檯、凳子、地板上，這才剛亮了相，就又聽見不同的聲音：有個小拳頭在反覆敲擊櫃檯，伴隨著瑞希兩歲的聲音。

春喜太太一見我在家，便很快回應道：「噢，我的小寶貝！」她柔情喊道，聲音甜美，瞇起雙眼。「親愛的，來呀、來呀，」示意我過去和她一起坐在櫃檯邊。瑞希沒注意到我來了，繼續捶著上方櫃檯，砰砰砰地重複著，像一首沒有音調變化的歌。

「讓我為最美生物找一碗美味的湯。」春喜太太打開放小盤子的櫥櫃，裡面也放著她常用來招待我的小碟子。

「那席德會怎麼做？」

瑟琳娜在櫃檯的另一邊，我看不見她。「賓妮塔是香緹很要好的朋友。他們四人從大學時代開始就很要好了。阿爾罕是完全沒指望了，席德擔心他會做什麼傻事。」

「不可能啦！」春喜太太的目光掃過櫃檯。瑟琳娜喝了一口咖啡，又說：「嗯，他肯定會破產的，還會有一大堆來自全國各地的債權人，沒有人會再和他做生意了。」

我知道瑟琳娜在講哪段日子，也曾聽過席德跟她說過這段故事。那是他們剛剛在一起的時候，當時席德還是個單親爸爸，住在九重葛街一〇八號。席德想要讓瑟琳娜清楚知道自己到底要嫁給什麼樣的人，所以雖然他通常會隱瞞自己是喜馬偕爾邦的大君這件事，但還是對她坦承了，也分享了他人生中一些重大事件。他的前妻香緹在一場致命車禍中喪生，留下他一人與他深愛的女兒紗若，那時是他一生中最關鍵的時刻。

阿爾罕的人生則是非常不同發展的傳奇。他性格外向、愛開玩笑，雖然與席德從小就讀同一個班級，但是個性完全相反。同時，香緹與賓妮塔則是閨蜜，這兩個女孩都喜歡游泳，每年都在爭學校年度錦標賽的冠軍。席德開始和香緹約會時，免不了會看到賓妮塔，後來她就遇上了阿爾罕。自從阿爾罕看到賓妮塔這位大美女的那一刻起，他就立志要娶她為妻。

兩人大學畢業後都為了愛情而踏入婚姻——在印度這個講求父母之命、媒妁之言的地方，自由戀愛結婚對種姓階級高的人來說並不尋常——反正，他倆各自成家立業了。阿爾罕成了大都市的房地產開發商，看似風光，大膽冒險達成交易，豪宅越住越氣派，汽車也越開越豪奢。他嘲笑席德太保守了，但他總是做超出自己能力範圍的事。後來房市慘跌讓他一夕全毀，他轉而求助的人還是席德。他告訴席德說，如果不金援他，他就死定了。如果席德能夠借給他兩百萬美元，他就可以找到方法擺脫這場災難，而且他會永遠記得席德這份情義。

席德向來對朋友有情有義，卻從不炫耀地位或金錢，也就金援他了，以高於市場價格兩倍的錢買下阿爾罕的一棟公寓大樓。

「從那天開始，情況就有所不同了，」瑟琳娜繼續說道：「席德說他不希望阿爾罕一直感激他——對他倆來說，這樣其實很尷尬。但他沒想到的是他的好友給他的感覺。阿爾罕幾乎可說是在怨恨他。他好像覺得席德是因為有家族人脈或運氣好，所以輕輕鬆鬆就賺大錢，而不是因為他審慎經商。

「香緹死後，席德就很少與阿爾罕和賓妮塔見面了。我們倆在一起後，就更少了。」

「阿爾罕的生意還好嗎？」春喜太太插嘴道：「他後來還好嗎？」

雖然我對瑟琳娜的故事很感興趣，但我更關切的是春喜太太手裡的小碟子空空的。我盯著它瞧，用意志力驅動她快去拿美味的食物填滿碟子。

「他改頭換面了，席德是這麼說的。他離開房市，進入股市，他結識了國內外各大上市公司的要人。他身上還留著有錢人的裝飾標誌，甚至還更多。」

「那他有還席德錢嗎？」

瑟琳娜搖搖頭。「席德後來就再也不談這件事。阿爾罕也不提，即使他在倫敦用比他欠席德更高的價格買了一棟房子。席德告訴我說，他不斷聽到關於阿爾罕再次陷入債務危機的事。在德里有生意往來的人告訴席德說，阿爾罕操縱的股票交易已經失控。然後兩年前，他和賓妮塔突然來到這裡，達蘭薩拉。還記得我告訴過你，他來找我們，很奇怪的那次嗎？」

「記得！係！」

「好尷尬！好突然！他告訴席德說他從沒忘記席德為他做了多少，他也一直想要回報他，還說他現在透過矽谷內部人士，有機會買到加密貨幣，這在一年內會成長二十倍，他打算將自己名下的一部分賣給席德，價值兩百萬美元。」

春喜太太皺起眉頭。「席德還得給他錢？」她想要弄清楚這一點。「還給？」

「對。」

「兩百萬？」

「對。」瑟琳娜必須比瑞希大聲，他正捏著一個毛絨絨的玩具發出叮噹聲，自己則咯咯笑不停。「那個概念是那兩百萬很快就會價值兩千萬。」

「為什麼阿爾罕不把他的兩百萬先還給他？或用來替他投資就好？」

「我就是這樣問席德的。」

「希望席德沒有⋯⋯」

「他沒有。」瑟琳那回答，然後試圖哄瑞希。

隨後短暫停了一會，我則喵了一下。超大聲。

「噢，好、好！」春喜太太打開冰箱門，彎下腰往裡看。

「席德跟阿爾罕說，他不懂加密貨幣，他從不投資他不懂的東西。」

春喜太太有些煩躁起來，同時也認同這個說法。

「但是，隔一個月，阿爾罕又來問席德。說是他若不堅持告訴席德應該要接受這項提議，那他就沒有盡到身為朋友的責任。我記得席德掛了電話，看起來很不安——而妳知道的，要讓席德坐立難安也是不容易的。」

春喜太太從冰箱裡拿出一個密封的大碗，放在櫃檯上。「坐立難安？」

「他疑心此事比阿爾罕說的要複雜得多。他擔心阿爾罕再一次過度擴張自己的信用。只不過這一次，交易範圍要大多了，也牽扯到世界各地有權有勢的人。

「那是他們最後一次談話。兩週後，阿爾罕死於心臟病發作。葬禮結束後，儘管席德多次聯繫賓妮塔，並表示要支助她，但是就再也沒有她的消息了。然後出乎意料的是，艾米莉·卡特萊特告訴我，賓妮塔和她的三個女兒就住在新德里一處骯髒的貧民窟。事實證明，正如席德所料，她們失去了一切！」

「天啊！」春喜太太哀叫。「她們就是席德要去找的人？」

「他昨天就去了。」

食物就在櫃檯上，旁邊就是小碟子，但是春喜太太就是沒有專心做事。至少，她的心不在我身上。我又喵了一聲。不巧，瑞希就選擇在那個時間點上開始哼哼叫。瑟琳娜從她隨身攜帶的袋子裡找出飲料，春喜太太則盡量分散他的注意力，一邊唱著義大利童謠，一邊左右搖屁股，花了很多很多的時間。

「要找到她們，有點困難。」把瑞希安頓好後，瑟琳娜繼續說。

「她們對自己所住的地方自慚形穢？」

「有部分是這樣，」瑟琳娜說：「但實際情況更糟，而且涉及私事。妳看，我們都不知道的是，阿爾罕在去世前幾星期把這一切都歸咎於席德。」

「不會吧！」春喜太太嚇壞了。

「他告訴賓妮塔說，全都是席德的錯。」

「但……」

「說因為席德在最後一刻才從他人生最大的一筆交易中撤資，所以毀了一切。」

春喜太太大吃一驚。「賓妮塔相信他嗎？」

「當時她的確相信丈夫。但是，阿爾罕死後，關於他的一切都暴露了，她不得不了解到一些令她不舒服的事實。席德這才有機會把事情說清楚。」

我又喵了一聲，我的請求既大聲又清楚。但春喜太太一心聽故事，根本沒有留意到我在喵。

「昨晚席德回家，」瑟琳娜心事重重。「他是真的擔心她們。這三個女孩跟隨媽媽的腳步，都接受了美容治療師的培訓。這是盡可能為了她們自己的利益著想。席德說她們都像媽媽，都很漂亮。賓妮塔從來沒工作過，女孩們可能也以為自己不必工作。現在她們必須為生活奮鬥。年紀比較小的兩個妹妹是雙胞胎，她們接了一些騙人的模特兒工作，還差點掉入性交易的圈套。」

「媽媽咪呀！」

很明顯，我敵不過瑟琳娜的精采故事或瑞希的一呼百諾。如果我想引起注意，我勢必要採取行動。於是，我站到春喜太太身後，做了一件我從未做過的事。至少，沒有誰這樣對待過她。她或許是有史以來一直賜我美食的偉大恩人，但此時此刻也毫無恩情可言了。

正因如此，我謹以溫和卻堅定的態度，將大牙沒入了她的左腳跟。

她尖叫出聲，抖起腿來。

我則投以我最憂鬱的藍色目光致哀。

瑟琳娜的腦袋越過櫃檯凝視著我。「小壞蛋！」她笑著說。

春喜太太將腳放回原處，還彎下腰來撫摸我的脖子。「原諒我啦，我親愛的小貓，她的聲音充滿歉意。「我一直沒關注妳。」

不消片刻，她就拿起櫃檯上的碗，用湯匙舀了一份放在小碟子裡，然後放在地板上。我很快就舔起這一大份濃濃的燉牛肉肉汁。

「我知道席德正在想辦法幫助她們。他一直在想方設法。把幾個想法結合起來。」

「這位賓妮塔很幸運耶，有他這樣的朋友。大多數人可能很早就放棄這家人了。」

「她娘家算是小康。父母古板，不諳世故。她和女兒都很信任阿爾罕，他卻讓她們徹底絕望了。她告訴席德的一些事真叫我不寒而慄。」瑟琳娜感慨說道。

「真納悶人在這種情況下是怎麼繼續前進，又是如何找到堅持下去的勇氣。」

「嗯。」瑟琳娜若有所思。「賓妮塔和席德有談到這一點。賓妮塔告訴他，她的生活裡沒有一樣東西是她想要的。大多數時候，她只覺得很無奈、很絕望。然後，席德說她因為一件最意想不到的事情而能走出來。她年輕時，和香緹都是游泳選手，是學校裡一等一的好手。游泳不是她父母強迫或決定她要去做的事。是她為自己選的。

「她告訴席德，唯一能讓她保持清醒的事就是游泳。顯然，她會去當地的公共游泳池游好幾圈，每天至少來回游一小時。」

「妳小時候也經常游泳，記得嗎？」春喜太太說。

「記得啊。記得賓妮塔對席德說，在泳道上，是浸泡在不同環境裡的感覺，只剩下呼吸和水，就一圈接著一圈地游下去。」

春喜太太停頓了一會兒才說：「每天做一些讓自己快樂的事情，會把我們帶到一個不同的地方。這很重要，對吧？」

「對啊，媽咪。」瑟琳娜回答。

「像這個小傢伙。」春喜太太見我吃完點心，一時情不自禁，便俯身將我抱起。「抱她一下。」她說。

同一時刻，瑞希看到了我。剎那間，他發出貓骨悚然地尖叫聲。

「真是糟了個糕！」春喜太太抱著我離開瑞希的視線，接著穿過廚房，沿著走廊，上樓到警衛室去。「我的寶貝，真的很抱歉，」她柔情低聲說著。濃濃睫毛下方的眼睛裡充滿了苦惱。「真不知道他為什麼會這樣。」

親愛的讀者，我也不知道啊！那個面無表情的大個子警衛打無線電給他同事，要他把門開到夠寬，夠讓一個毛茸茸的身體鑽過去就好，我就獨自走了進去。我只知道，自從小瑞希到來後，他就對貓族有著莫名恐懼，我的貓生也變得複雜起來了。

那天晚上，在達賴喇嘛的床邊，我做了個怪異混亂的夢。夢裡，法郎躺在空房間的地毯上，他的胸口起伏著，他心愛的凱凱就躺在他胸前。她或許病得很重，但完全沉浸在音樂中，又有心意相通的美好，這種特殊時刻，唯有深刻的連結感與持久的平靜感。

我夢見賓妮塔游過了一英哩又一英哩，但不是在泳池裡，而是在廣闊的藍色大海上，她的手和腳有節奏地運作著。在陸地上，她的世界崩垮了；但在水流的愛撫中，她至少能夠找到避難所，待上一陣子。那是個療傷的所在，她可以帶著她所需要的力量再回來面對繁重的另一天。

我夢見克里斯托弗站在他的畫架前，臉上接著氧氣管，他一筆又一筆地，在畫布上塗上一層又一層色彩。他身穿舊夾克與沾到油彩的燈芯絨褲，然而，他實則以某種更重要、也更超然的方式沉浸在不同的實相之中。

清晨醒來，與尊者一起冥想時，貫穿我這些夢境的主題就變得再清晰不過了，因為它講述了一種直覺，我不僅感受到了自己，而且已經採取了行動。達賴喇嘛常說，在這充滿了「苦」（dukkha）的一生中，這種「苦」或不滿足，既瑣碎又深刻，若能夠找到一種放下自我的活動的話，那該有多好！

在哪裡可以找到這樣的禮物？

幸運的話，我們可以從自己的小貓時期找回來。

可能是某次偶然邂逅、某條纖細的線頭而重回我們的黃金年代，曾經那麼純真而毫無保留地獻出自己。重回到某個我們可以敞開心扉去投入的活動，不是為了什麼物質報酬或利益，單純只是為了那件事本身的快樂。

或許只是一件微不足道的小事，不是什麼大不了的追求，但它絕非如此而已。因為在我們成為冥想大師之前，正是在這樣的時刻才可能看清楚「非二元性」。唯有完全放下自我後，我們才能體驗到更廣闊、更榮耀的實相。

接下來幾個星期，我會看見這個實相的榮耀得到增強，而且無可估量。

因此，第二天早上，奧利弗來上班時，他一身單車裝束，滿臉通紅，滿頭大汗，我就站著迎接他，準備跟著他去淋浴間。他進去時，我就站到蓮蓬頭旁邊。他一打開水龍頭，我在溫水的沖刷下感到欣喜。我再度被移轉到一個我並不了解的年代和所在，但這讓我感覺到神祕狂喜。我不再是達賴喇嘛的貓，我甚至不是貓族一員，我只是純粹的喜樂！

第五章　尊勝寺週二晚上的一堂課

旺波格西：「當我們把死亡看作是迫在眉睫的事情，我們才能認識到活著的真正價值。能清醒活著的時光有多奇妙、多寶貴。能享受健康、能自由選擇如何過日子，這些都是極大的恩典。」

都不知過了多久了，終於有個下午，天氣夠穩定也夠乾爽，尊者的助理不僅打開房裡的幾扇窗，還就開著不關了哩。午後柔和的陽光隨著山間氣流一起進入了我們的起居室。與大自然和賦予生命力的森林山脈隔絕了數週之後，重新注入這份能量，是十分令人愉悅的。

我收攏爪子，端坐窗台，俯瞰下方的廣場，我覺得盈滿，那裡正演示著熟悉的晝夜節律：陰影拉長，暮色加深，隨著夜幕降臨，寺院各面牆上現出橙色方塊。

過沒多久，寺廟燈光亮起，僧侶穿過鋪有鵝卵石的路面，走上台階，把涼鞋留在外頭，走進紅色大門。麥羅甘吉的居民也走進尊勝寺大門，來到這裡，肩上斜背著包包，手臂上搭著毯子，低聲說話時透露出熱切期待。這是尊勝寺最啟發人心的一位老師——旺波格西上課之前的景象。

其中有些學生是我的好朋友。一路上一直陪伴我的席德和瑟琳娜，「喜馬拉雅．書．咖啡」的山姆和法郎，以及山姆的女友布蘭妮。陸鐸和幾位瑜伽教室的老學員，包括梅若麗、尤因和蘇琪。

車頭燈緩緩掃過石板路，一輛老舊白色旅行車駛入廣場。一般來說，只有接送達賴喇嘛或貴賓的車輛才能進出寺院大門，這會是誰？

我看著車子穿過廣場，直接開往大殿，行人紛紛讓開。車子開到最靠近大殿的時候停了下來。車頭燈熄滅。從司機這邊，有位身穿照護員制服的男子走了出來，同時有一名護士從後座現身。他們繞到車的另一邊，打開面向大殿的車門，彎身進車子裡。

起初，我只見一抹白髮，只聽到一聲不適的呻吟。但這位病人走出車外幾步後，我便認出了粗花呢夾克和熟悉的彎腰身影。我不太熟悉的是他身旁護士拿著的氧氣瓶，還有兩名助手扶著他上台階走進大殿。顯然，克里斯托弗已將尊者的忠告銘記於心。儘管他來上這堂課需要克服許多挑戰，但他還是要來聽旺波格西講課；因為他的決心，所以我也決定來上課了。

每回我來尊勝寺，總是會引得人心激動。學生大多數都很有心地讓路，讓我可以去任何我想去的地方，有些學生會把手放到心口上，有些比較敢的或衝動型的人則會伸出手來觸碰我——他們能觸摸到最接近達賴喇嘛的地方，是他長袍的下擺。

大膽！

通常我在廟裡的座位——其實很可能是專為我而設的——是後方的一個架子，那裡是個有利於綜觀全局的位置。然而，今晚走進寺廟，我看到克里斯托弗坐在後排的一把椅子上，氧氣瓶在他腳邊，有管子通向他的鼻孔。他身旁的高背椅是空的——顯然是留給我的呀！

克里斯托弗望著前方，若有所思，他一注意到身旁有動靜，便轉身查看。

「噢，讓我們歡樂吧，小貓咪，我的愛人！」他撫摸著我，低聲喊道：「本來以為這裡我誰都不認識，然後我最喜愛的小貓就出現了！」

我把身子靠過去用頭輕輕撞他。那時，我注意到他褲子上有幾處沾了紅色顏料。顯然，他一直在做尊者委託他的工作。

尊勝寺的夜，一閃一閃的酥油燈海點亮佛像的金色面容，香火繚繞，這裡是一個活生生、在呼吸的聖地，是一處奇妙又寧靜之地。過去我曾多次觀察到這一點，今夜又在克里斯托弗的臉上看到了這一點。按照傳統，與會的尊勝寺僧人會坐在離法座最近一排的坐墊上，非僧侶人士則隨自己喜好，或坐後方的坐墊，或坐高背椅。隨著旺波格西到來的時刻越來越近，最後一批學生悄悄溜進大門，迅速安頓下來，所有低語也戛然而止。氣氛是懷有期待的，也是靜謐的，靜到你能聽見唐卡底部的木釘隨夜風撞擊牆面時所發出的輕柔咔噠咔噠聲。

時候一到，他走進來，圓潤健壯的身形極富力量，也暖人心房。他移步到前方，在眾佛面前伏地頂禮三次，然後登上教座，他獨特的目光裡結合了活力、淘氣和慈悲，就這樣往前看向與會群眾。

他先唸誦了傳統頌詞——皈依、菩提心和道次第——然後說：「今晚，我會談到死亡的過程。佛陀曾經說過，觀想自己的死亡是最偉大的冥想。他請我們不要把死看作是遙不可及的未來，也不要把死視為未來某一天我們才需要處理的事情，而是把死當成是現在肯定正在發生的事件。它或許會來得比我們以為的要快很多。那麼，為什麼要強調無常和死亡呢？」

一如往常，他的臨在深深吸引住學生。我抬起頭看著克里斯托弗，我看得出來他在瞬間便全然專注了。旺波格西談到他現在所處的實相，這是許多人極力避免觸及的話題。

「當我們把死亡看作是迫在眉睫的事情，」格西繼續說：「**當我們認為死亡不可避免，必有一死，唯有如此，我們才能認識到活著的真正價值**。能清醒活著的時光有多奇妙、多寶貴。能享受健康、能自由選擇如何過日子，這些都是極大的恩典。

「身為一個有點閒暇、有點好運氣的人，如此人生不能虛度。**人生這個機會，難得且無價。真正了解這一點的話，就會深深感謝每一天所帶來的無限可能**。」

克里斯托弗專注於聽講，堅定地點點頭。

「我們很自然地會把有意義、有重要性的事情放在首位，不會把精力浪費在價值飄忽不定的事情上。此外，我們也學習把握說『我愛你』、『我原諒你』、『對不起』的機會，因為這樣的機會很可能不會再有。這一點很重要。」

旺波格西並沒有特別提高音量，因為不需要，他所說的話，其重要性不只是言語所傳達出來的——而是一種觸手可及的明顯感受。

格西的這番教導，克里斯托弗的夾克口袋裡就帶有具體物證。他經常讀卡羅琳的來信，這是他沉默數十年後所能做的回應。然而，被診斷為末期病人後，他意外地獲得了赦免。這幫助他卸下了難以言喻的情緒重擔，並點燃了他的藝術火苗，以一種出乎意料的榮耀重新歸來。

「你不必是個佛教徒也能理解這些事，」格西說：「任誰都可以認清這個真理的價值，並據以生活。欣賞那些我們所擁有的、珍貴並可以充分利用的事物。

「然而，對我們藏傳佛教徒來說，冥想死亡之所以很重要，還有另外一些原因。很簡單，**死亡過程是人生的一個機會**。在此，我們必須有信心，不是要對過往的偉大古魯有信心，也不是要對其教義有信心，雖說他們的觀點並無差別；重點是要對『冥想能進入微妙的意識狀態』有信心，而這是我們大多數初學者還無法企及的。」

旺波格西喜歡用「我們初學者」這類包容性用語，雖然相較於大多數會眾，無疑地他並不算是初學者。至於他提到的高階冥想者，我想起了在檔案櫃高層時曾偶然聽過丹增和奧利弗之間的對話。東方的瑜伽士是如何相當於西方的鐵人三項運動員。這兩種情況都是凡夫俗子因為致力於修練而能獲得的非凡成就——獲得遠遠超越了大多數人的能力。

「依照我們的傳統去修練的高階冥想者，能夠做我們做不到的事，」格西說：「已經達到『止』——奢摩他——的人，可以隨自己意願，毫不費力地把心念放在冥想對象上。這些人也能夠運用身體的精微能量，用這種能量帶來大喜樂。

「要運用這種非常精微的能量，一個可能的結果是心跳減慢，能減到完全停止，暫時停止正常呼吸。升起八種幻象，模擬死亡體驗。順便說一句，這些幻象是：有時在你入睡，在你的意識從各個感官大門縮回來時，或許可以短暫一瞥的。

「這些幻象永遠都一樣，都是在描繪死亡過程。要習慣它們，知道接下來會怎樣。這些都非常有用，這很可能會是我們這一輩子最有用的訓練。因為如果我們知道在死亡之時，等著我們的是什麼樣的機會，那我們就可以充分加以利用。我們有這一生一次的機會，可以終結生、老、病、死的循環。我們可以不同於以往，可以達到涅槃，甚至是達到開悟。」

旺波格西接著描述死亡的過程。當身體停止運作時，人會有沉重感和下墜感，景物變得朦朧，像海市蜃樓。在第二階段，可能會感覺口渴，連帶地逐漸喪失對身體的感覺。看起來很像煙霧進了房間——這一點其實很明顯，因為安寧病房的工作人員有時會說他們的病人在問附近是不是有火災。第三階段則會身體失溫，各個感官大門停止運作——垂死的人不再有視覺、聽覺、感覺或味覺的體驗，或許只剩下細微的味覺殘留。到了第四階段，即肉體死亡前最後一個階段，甚至連味覺都會失去，人所能感知到的只剩下微弱閃動的生命力，就像在風中明滅不定的燭火，在那之前也消失了。

在這種時候，格西解釋說，醫生便會宣布此人死亡。若心臟、肺臟或大腦沒有在活動，就會假定人已經沒有意識。然而，從藏傳佛教的角度來看，這還不是人生的結局。因為雖然人的身體運作已經停止，但精微的意識仍然存在於身體中，並且會走完身體本身的四個消融階段，每個階段都伴隨有臨終者內心的幻象顯現，最終成為人生中最重要的經歷。

「首先會出現月光一樣的白色。然後是經驗到耀眼的紅色，有如日落時通紅的天空。接下來是一種吞蝕一切的黑，在此期間有可能會完全失去知覺。但這絕不是終點。緊接著而來的是所有遭遇中最為微妙，也是最特別的——寧靜的清晰與平和的全景視野，這是我們在冥想時渴求的那種深沉的『止』。

「就算你覺得自己無法冥想，」他說話的聲調有激動的顫抖。「就算你的專注力很差，你的心念很紛亂，你覺得自己毫無進展。即便如此，如果你對自己選定的冥想對象有一定的了解，你會在死亡過程結束時發現它很自然地升起。無量光明，無盡清明，這就是我們大家都有的佛性。是內在的光。梵文中稱為『如來藏』。它是清楚明白的心，是開悟的根基。知道在死去的時候會有這道曙光、最精微的意識在等著我們，不是很美好嗎？」

寺裡的氛圍有一種特殊的能量，每當有啟發人心的喇嘛坐在教座上時就經常會這樣。有一種大海般的寧靜，但同時也有一種活力，因為他言談的影響所及，正在他的學生之間產生共鳴。

我抬起頭，看見克里斯多弗沉浸於格西的教導，他的下唇顫動，眼眸有光。他臉上堅定的表情，說明了旺波格西的教導與他所熟稔的《大手印》一書完全一致。

雖然說格西會問的問題，答案向來都很明顯，但會眾所問的問題比較像以下這樣：有位西方遊客忍不住舉手發問：「反正死的時候都要經歷內心的明光，那死前為何還得練習冥想呢？」他的語氣不是不禮貌，而是真的很好奇。

隨後蕩漾起笑聲的漣漪，然後旺波格西用誠懇的表情回應道：「這個問題問得好。非常重要的問題。

「當我們有在進行某種練習，任何一種練習，就能注意到那些沒有練習的人所不會注意到的事。醫生能觀察到一個人的疾病症狀，但沒有接受過醫學訓練的人則沒有能力觀察到這些症狀。野外嚮導能立即發現附近有獅子出沒的跡象，但都市人察覺時往往為時已晚。心念的練習也是一樣的道理。如果沒有預先練習，當死亡的明光出現時，我們會無法認出來，也弄不清楚它是什麼。大好的機會出現了，但大多數人卻不知道發生什麼事，更不用說可以用它來做什麼了。」

旺波格西停了一會，然後在坐墊上閉上眼睛，傾身向前，凸顯出他接下來所說的話的重要性，引起全場關注。「最大的悲劇，」他嗓音低沉，聲波在全寺迴盪，「是臨終者沒有體驗到死亡明光是我們的真實本性，是有如大海般精微的意識，是升起所有其他事物的意識，相反地，他所體驗到的明光是個人被毀滅的感覺。然而，這是最常見的反應。

「我們失去了自己的身體，也就失去了物質實相的錨點。我們已經失去了最熟悉的感官知覺與心理慣性活動。而通常，我們的本能反應是：『那我呢？我去哪兒了？我要活著！』正是這種衝動，這種以我們最熟悉的方式出現的心願，用我們相信是獨立自主的方式出現的心願，推著我們進入下一世。

「因為心念有『只顧自己』這種根深蒂固的慣性，所以我們不把明光視為自己的真實本性，視為真正的『我是誰』，這正是我們不知不覺地把自己再次推進轉世歷程的原因。這……」他向問這個問題的人點點頭，「就是我們要練習冥想的一個重要原因。要體驗自己的佛性。要排練自己的死亡。」

這位遊客雙手合十，向旺波格西鞠躬。

他的提問打開了閘門，更多問題如潮水般湧來。旺波格西向來更喜歡互動交流，不喜歡枯燥獨白，此刻已經有十幾隻手高高舉起。

「如果是『自我想活著』這樣的心願推動了我們再次轉世……」尤因．克利斯普林格（他和許多人一樣，來到麥羅甘吉是要尋求救贖的）說：「那為什麼有些生下來是人類，而有些一出生就是動物之類的呢？」

「因為在你尋求『自我存在』的時候，你心念中的任何業力都會隨之成熟。」格西回答。

「那如果要重生，」尤因接著問：「要怎樣才能確保有好業力，可以有比較好的轉世呢？」

「一般來說，業力來自那些我們最強烈、最接近、最頻繁和最熟悉的心理慣性。如果我們有生氣、自我中心、傷害他人的慣性，這類想法只會產生負面的業力。相反地，平靜、溫和、仁慈的心念則會產生正向的業力。這是人生要修練心念的另一個原因。」

「如果死亡不僅僅是心臟和大腦停止活動，那我們怎麼知道人真的死掉了？」來自歐洲的女性遊客問道。

「只要精微意識還在，這裡就會有一絲暖意，」格西按了按自己的胸口，「在心中。若暖意也消失，那麼，精微意識也就離開了。」

「這意思是，人死後不應該立即搬動他？」

「除非他們曾練習過冥想，」他向她保證，「否則，一般人死後，他們的精微意識很可能很快就會離開身體。」

「與圖當（tukdam）不一樣嗎？」一位尊勝寺的西方僧侶提問。

「『圖當』是在身體和概念性意識消融後所發生的事，此時冥想者能夠死後入定。這是一種難以置信的喜樂體驗，沒有不安。高階冥想者能夠保持這種狀態數天之久，有時甚至是數週。在這段時間裡，他們的肉身就像只是睡著一般，面色依然清新紅潤，即使從醫學的角度來說他們已經死了。你可以找到很多關於這種情況的報導，近代也都還有。只要去 Tibet.net，查詢 Tukdam 一詞即可。」

旺波格西的話音剛落，又好多隻手舉起來。克里斯托弗也在這波提問中第一次舉了手。旺波格西忽略了所有在他面前的提問者，將目光鎖定在克里斯托弗身上，並用一種允許，但也帶有某種敬意的手勢，請他發言。

克里斯托弗有點艱難地站起身來，他想要好好地面對老師。「如果我說錯了，還請原諒我……我還在學習。」他說，聲音低沉但不穩，很英式作風。

許多人都轉過頭來看著這位穿著粗花呢夾克，鼻孔插著氧氣管的老人。

「我的名字是克里斯托弗．阿克蘭。據我了解，心念會投射為實相。儘管我們可能希望體驗到涅槃甚至開悟，但我們的業力和妄想會把我們推去體驗動物的生命，或者如果非常幸運的話，擁有寶貴的人身。」

格西點頭。

「我不想要把話說得好像不知感恩。但是，如果不想要再度投生為人呢？」

大殿四周的笑聲此起彼落。克里斯托弗有了信心，他更有自信地繼續往下說：「我受夠孤獨了。也受夠經濟困難了。還有，一再被燃起希望卻又幻滅。但我也知道，我的心還不夠清淨，還無法體驗到涅槃，佛的心念那就更談不上了。所以我想我要問的是，是否還有其他選項？或是只有輪迴或涅槃？」片刻後，他笑著補充道：「這對我來說是很急迫的問題。」

克里斯托弗小心翼翼地坐回椅子上。如果他是在社群或其他類似的會議上發言，他早就得到熱烈的掌聲了。不僅僅是出於同情，也因為他說出了許多在場人士的心裡話。他直接提出這個問題，其實大家也一直覺得納悶，而且他還把這個問題表達得非常清晰。有一股支持他的能量湧向他。

旺波格西環顧四周點點頭，他認可了克里斯托弗這個提問具有吸引力和重要性。每個人都同情他的困境——而這樣的困境也會輪到我們的。

「你說得對，心念會投射成為實相。涅槃和成佛並不容易。然而，在輪迴中有許多苦難。該怎麼辦？」旺波格西為那些可能沒聽清楚的人重新複述一次問題。

「偶然間，有一位開悟者以大慈悲心，替那些希望從輪迴中解脫的人顯化了一片淨土。這片淨土是我們可以進入，也可以投射出的境界，即使我們的心仍受業力汙染。我們可以一直待在這種境界，直到所有負面情緒都淨化了，所有美德都完善了。這片淨土叫做『極樂世界』，快樂之地。而為我們利益而顯化極樂世界的即為『無量光佛』、『無量壽佛』，也就是阿彌陀佛。」

一提到阿彌陀佛的名字，克里斯托弗眼裡便充滿淚水。阿彌陀佛！正是尊者委託他繪製的那尊佛。他已經著手在畫他的肖像了。

寺裡其他人也受了感動。席德坐在前面幾排，我注意到一提到阿彌陀佛時，他就恭敬地低下頭來。法郎則與陸鐸交換了一個眼神。

「如果想要阿彌陀佛作為我們修持的本尊，作為開悟時的顯現，這必須建立在對『空性』或『大手印』有良好理解的基礎上。」

此刻，克里斯托弗的夾克口袋裡就剛好有關於這個主題的書，是他常常翻閱的。

「我們還必須學習他的咒語。這句咒語簡短好記：「嗡阿彌德瓦捨」。格西對著會眾傳授阿彌陀佛咒語，讓大家重複唸三遍，就像之前達賴喇嘛讓克里斯托弗做的那樣。

「基於對空性的理解，並且熟悉阿彌陀佛的相貌與名號，人在臨終時，」旺波格西直視克里斯托弗說道：「是有可能脫離輪迴，並往生極樂世界的。」

他閉上眼睛，低下頭，雙手合十放在下巴下方，用藏語輕聲喃喃唸著。一時之間，大殿裡的人都專心看著他所做的事，不用說什麼，大家都明白他的用意。旺波格西正在為克里斯托弗祈福。

通常，旺波格西週二晚上的課程結束後，安靜而穩定的人流會依次走出尊勝寺，僧侶回到各自住處，遊客則穿過廣場，從大門離開。

然而，那天晚上，氛圍不太一樣。從寺裡出來的人似乎都還不想走。他們深深地沉浸在那晚的教導中，以至於都還沒打算離去。還不想走的他們特別關注的焦點是克里斯托弗，他在幾名學生的幫助下緩步走出了大殿。

我擔心被卡在眾人腳步中，所以等大多數人都走了，這才從座位跳下來，穿過寺內巨大的門。我從台階上方，看到克里斯托弗在等安養院的車接他回去，他身邊則聚集了一群學生對他表示感激與關心。

「好棒的問題！」梅若麗稱讚他。「你問的事情也是我想知道的，但我一直不知道該怎麼問。」

「能讓旺波格西談論本尊，」從法郎的表情看起來他收穫很大，「這真的很不簡單。他是個很傳統的老師，你知道的。通常他連「事部密續」（Kriya tantra）也不提的。」

「我從沒聽他說過極樂世界，除非是跟他很熟的學生。」瑟琳娜證實道。

克里斯托弗身處人群中心，儘管穿的是破舊夾克，還插著氧氣管，倚著拐杖，但仍具有磁鐵般的吸引力。

「這種時候我……我必須坦白說，我覺得自己真是個該死的傻瓜，」他的低音引人專注。「過去八年來，我一直住在隔壁，」他轉向安養院的方向。「他們大多數人，健康情況尚可。但在今晚之前，我卻不曾來上過課。一直都有……天啟！真想知道如果從以前就來上課的話，我能否在這條路上走得更遠。」

一陣靜默之後，席德用他溫和但振奮的語調說：「但你到達了一個靈性進化的境界，就像在場朋友們所說的那樣，」他手指向眾人。「你與旺波格西以一種非比尋常的方式聯結在一起。」

克里斯托弗注視席德時，臉上流露出情感。他好像要說些什麼。但張開嘴時，他身體就往前彎下來，開始劇烈咳嗽，大口喘氣。他的身體出現劇烈痙攣時，學生們都在他周圍，其中包括一名護士。當車頭燈穿過寺門出現時，他們都扶持著他。來載他回去的汽車小心翼翼地駛向這群人。車停好之後，克里斯托弗又站直身子，雖然呼吸困難，但已恢復正常。安養院的護理人員打開了汽車後座的門，然後走向他。

「請恕我冒昧，在您走之前，」席德再次看著克里斯托弗的雙眼，「我和我太太都很欣賞您送給尊者的那幅畫。」

「《太初黎明》，」瑟琳娜說：「尊者把它放在他的接待室，供所有賓客欣賞。」

「真的？」克里斯托弗大為吃驚。

席德點點頭。「我們想知道您是否還有作品出售。」

「我的畫作擺滿了一整間畫室啊！」克里斯托弗說，可是那語氣聽起來，他心中似乎並沒有賣畫的想法。

「我們可以參觀一下嗎？」瑟琳娜問。

克里斯托弗讓照護員攙扶著走向汽車，保持氧氣瓶和管線的連接，然後慢慢坐進後座。

「你們最好快點來。」他從車內抬起頭來說道。

「明天下午可以嗎？」席德問道。

法郎接著問：「我也可以去嗎？」

「我很想看您作畫！」梅若麗熱情洋溢。其他幾人也同聲請求。

「我的媽呀！」克里斯托弗滿臉笑容。「可以辦個畫廊開幕酒會了！但是你們得帶香檳和點心來噢！」

第二天下午，我穿過花園來到安養院，一到那裡，就發現克里斯托弗左手拿拐杖、右手持畫筆。他在一張很大的畫布上工作，背景是巴洛克音樂，正處於他平時的全神貫注狀態。我跳上椅子時，他瞥了一眼，但注意力仍然集中在他的畫作上。沒有貓頭鷹或小貓咪，沒有文學典故，也沒有表示愛慕的連串詞彙。克里斯托弗正處於專注的巔峰狀態。

他沉重地傾身在拐杖上，小心翼翼地在畫布上添了幾筆，表情異常專注。我仔細觀察他，這是我們貓族愛做的事，我看見他的嘴唇在不斷地、細微地抖動著，而且這動作是重複的。他身旁地板上的氧氣瓶支撐著他，這已經成為常態，儘管呼吸很費力——有時候好像快要咳出來了——但他專注的力量竟然可以阻斷所有干擾。我觀察許久，總算看出來他嘴唇的形狀說的是：「嗡阿彌德瓦捨」。

這位藝術家正用畫筆沾調色盤上的紅色顏料。我坐在側面，看不到這幅畫，但我看得到他。我回想起他去找達賴喇嘛時，那會兒我覺得他坦承說自己無法冥想，這很奇怪，因為其實他專注於一的功夫非常優秀，感覺很深刻，不是被強迫的。不是透過純粹意志控制而來，而是因為大量練習後，毫不費力而生的。雖然斷斷續續，可是他終其一生都在做他一直在做的事。這已成了他的第二天性。我不知道我這樣坐著觀察有多久。因為一首樂曲接著另一首，我意識到節奏有變化。我吸入油畫顏料的氣味，既刺激，又有泥土味。

看著這位藝術家處於極佳的入神狀態。我到這裡至少已經過了一小時後，我感覺到身後的門口有人。轉頭一張望，便見到我們的訪客——席德。

一兩分鐘後，克里斯托弗才注意到門口的人影，席德太客氣了，不想打擾一個很明顯正在努力工作的人。克里斯托弗把畫筆靠在調色板上，試圖向席德打招呼。但他的身體做不到。他遲遲說不出話來，一開口就像前一天晚上那樣，會突然劇烈地抽搐起來，咳嗽咳得彎下腰，還大口喘息。

席德立即跑來他身邊抱住他，免得他摔倒。不一會兒，瑟琳娜也進來了，她撿起掉在地上的氧氣管，幫他重新接好。法郎、山姆、布蘭妮、尤因及梅若麗則在門口徘徊，他們提著各式各樣的籃子和提袋——顯然，他們一直跟在席德身後等著。

最終，這起嚴重的咳嗽爆發事件結束後，席德攙扶著克里斯托弗坐上高背椅，好讓他休息一下。瑟琳娜為他倒了杯水，他欣然接受了。

「我們真的不想……」瑟琳娜開口，手還搭在克里斯托弗肩膀上。

「不、不、不……」克里斯托弗搖著頭。「是因為……」他的胸口因用力而起伏著，「肺氣腫。」

我正坐在我常坐的藤椅上，席德和瑟琳娜兩人看向我。

「仁波切！」瑟琳娜問候我。

「妳也認識她？」克里斯托弗問道。

「她跟我們全家人都很親，」瑟琳娜笑著說：「我媽媽都叫她『有史以來最美生物』。」

「她的確是啊。」克里斯托弗看著我時，眼裡有光。然後他注意到門口那群人。「你們都來了？」他有些錯愕，但也很高興。「我怕我沒什麼好招待你們囉。」

「我們有帶東西來招待自己啊！」梅若麗拿著香檳晃了晃。

「辦派對我們都挺在行的！」尤因說。

「天吶！你們最好快點進來，」克里斯托弗咧嘴一笑。「不能讓管理人員發現。他們會以為我開夜店了！」

這一小群人很快就進了門，碰一聲開了香檳，倒進酒杯，打開小點心的淺盤包裝盒，四處分送，大家都用手拿著吃。

「這就是一場正式的展覽開幕酒會啊！」梅若麗都還沒開口勸酒，克里斯托弗就接過了氣泡酒。他雙眼晶亮，告訴他們說：「其實啊，我很清楚過去那些日子已離我遠去。」

「當畫家一定很酷吧，」布蘭妮看著靠著牆邊的畫，目瞪口呆。「創造出這些畫，有什麼感覺？」她揮動手臂，環繞工作室一圈。

克里斯托弗淺淺笑道：「親愛的，妳知道嗎，**人人都是畫家**——只是大多數人並沒有意識到這一點。妳瞧，**我們都在用自己的思想描繪出一整個世界呢！**」

「這很像真正的瑜伽士會說的話耶！」法郎說。

「但真的是這樣，不是嗎？」克里斯托弗回答。「我們在這個人、那樣東西上塗抹大量顏色，甚至都沒意識到自己在做什麼。我們一直都在這樣做，不知不覺，對每件事、每個人都這樣。因此，我們所體驗的全部實相就像是一幅畫，是我們自己用心念所做的創作。」他再次看著布蘭妮，又說了一次：「我們都是畫家啊！」

他告訴他們說，因為畫架上的畫還沒畫好，所以除了那個之外，其他的畫作他們都可以看。山姆、布蘭妮、尤因和梅若麗很快地就以順時針方向，開始欣賞靠在牆邊的畫作。瑟琳娜小心地移開克里斯托弗目前正在使用的畫架，使其面向牆壁。席德則走到放置三聯畫的高腳桌前。我觀察到，他和瑪麗安．龐特一樣，都弄錯了看畫的方向。可是，不同的地方是，他立刻走到桌子的另一邊，這才開始欣賞這三幅畫。看來他完全被迷住了。我也注意到克里斯托弗正牢牢盯著他。

席德轉過身來，懷著深深的敬意看著克里斯托弗。「您……為這幾幅畫命名了嗎？」

克里斯托弗點點頭。「《藍影》。」

席德繼續看畫。「很出色呢！」他向瑟琳娜示意，瑟琳娜便走過來和他一起欣賞，她同樣也被迷住了。

「這幾幅畫您願意賣嗎？」

克里斯托弗聳聳肩，「我覺得是可以的。」

「我想給您出個價，」席德說，「公道價。二十萬盧比您接受嗎？」

「天吶！」克里斯托弗叫道。「你確定嗎？我的意思是，像我這樣的老頭子，你這價碼很高。」

「我有先做功課的，」席德點點頭。「參加過皇家學院夏季畫展。飛凌登（Fillingdons）、思可雅（Skea）、薩默斯－考克斯（Sommers-Cox）都曾收藏您的畫作。在我看來，也許我有點無知，但這件作品不僅與您的前作相當，甚至還超越您以往的表現呢！」

「辛苦你了，」克里斯托弗笑著說，咳了一下差點又喘起來，但還好沒有。「真巧，我也是這麼想的。」

「我滿肯定這些畫要擺哪裡，」席德轉向瑟琳娜，「妳知道我辦公室門口旁邊那面主牆吧？光線很剛好！」

她爽朗地點了點頭。

「所以……我們成交了？」席德問道。

克里斯托弗答應了，兩人熱切地握握手。

法郎是下一位出價的人——他為「喜馬拉雅．書．咖啡」新設的咖啡外帶區那面牆選了較小的單幅畫《杜鵑花》。「這會是我們擁有的第一件真正成熟的藝術品！」他滿興奮的。

「是克里斯托弗．阿克蘭的原創畫作！」瑟琳娜同意道。

法郎出價十萬盧比，但席德勸克里斯托弗不要以低於十五萬盧比的價格賣出，「即使是這個價錢，還是划算的！」

克里斯托弗環顧四周，看著水壺旁邊的小架子上整齊堆成一疊的咖啡色信封。「誰可以把其中一個信封拿給我？」他向他們點頭示意。

「最上面那封好了。」

瑟琳娜照辦了，克里斯托弗費了點時間才打開它，並從裡面拿出結算單據，看了一眼最底下的金額。

「我猜，你應該不會加到十二萬吧？」他問法郎，眼中懷著希望。

「當然可以。」法郎同意道。

「三十二萬這個數字對我來說具有特殊意義。」他拿著結算單晃了晃，然後把單據和信封一起交給瑟琳娜。

梅若麗拿著剛開的香檳到處和人聊天。尤因則幫忙遞送小點心。山姆和布蘭妮在問克里斯托弗關於一幅園子中央有棵雪松的小畫——我們都認得出這處場景，因為它就在外頭馬路對面。

「希望有一天，我們回到美國後，」布蘭妮說：「回憶我們在麥羅甘吉的時光，我想不出有什麼比這幅畫更美好的了。」

克里斯托弗的目光在布蘭妮手上停留了一下。「你們倆訂婚了嗎？」他們點點頭。

「日子決定了？」

「明年春天！」布蘭妮微笑道。

克里斯托弗點點頭，「那好吧。這就當作是我送你們的結婚禮物好了。」

兩人驚呆。「我們不可以就這樣拿走你的畫！」布蘭妮叫道。

「為什麼不可以？過去好幾年來，雪松和樹下長凳一直是我最喜歡的景色之一。很希望這幅畫能去到像我一樣珍惜這個園子的人家。」

「噢，我們會珍惜的！」山姆告訴他。

「對我們來說，那也是個特別的地方，」布蘭妮眼泛淚光。

「那就說好囉？」克里斯托弗慈愛地看著這對佳偶。「你們應該不會拒絕一個將死之人的好意吧？」

他們欣賞完畫作後，又問了些關於卡羅琳那幅出色的肖像畫的事，還欣賞了席德和法郎新買的畫作，然後便坐在克里斯托弗面前的地毯上，邊啜飲著香檳，邊傳送享用各色點心盤。

「你們知道嗎，」大家聊到一個段落時，克里斯托弗微喘道：「你們都不知道剛剛你們為我做了什麼事。」他特別看向席德和法郎。「原本我一毛錢都沒了。我還能留在安養院只有一個原因，那就是瑪麗安．龐特說服了安養院的董事會給我補助。我每兩週會收到一份新的結算單，」他指著咖啡色信封。「從最近一期帳單看來，我積欠安養院的費用與這兩位先生剛剛同意支付我的金額一模一樣。所以，我可以還清積欠的債務了。」他停頓了一會兒，露出如釋重負的表情。「那是……我早已放棄希望，不再去想的事。我不介意自己死時身無分文，」他沉思道：「但我永遠都不想讓安養院賠錢。」

席德和法郎很快便對克里斯托弗說他們有多重視他的作品，話題轉向想要為他辦個畫展——可能就在「喜馬拉雅．書．咖啡」展出？

但克里斯托弗阻止他們往下說。「你們人都很好，願意幫我的忙，」他說：「但說真的，我已經快走到生命的盡頭了。還有一件事沒做完呢！」他指著面向牆壁的那張畫布。

「到那時，一切就結束了。」

大家都看著他，他剛才說的話，無懼又坦率，令人震撼。但他語氣中帶有奇特的滿足感。

我把隨之而來的沉默當作是叫我出場的提示，便從藤椅上站起來，走到靠近他坐的地方，再跳到他腿上，在沾了幾處顏料的燈芯絨褲子上繞幾圈後坐下來。我感覺到他的手放在我脖子上，那微微顫抖的觸感，我最近幾週還挺熟悉的。我發出想保護他的呼嚕嚕聲。

「您這幅畫，」法郎看向畫架的背面。「能告訴我們是關於什麼的嗎？」

「這會是我最後的一幅畫，」克里斯托弗笑著說：「是有人委託我畫的。其實，主題就是關於昨晚旺波格西精采的課程。」

「以佛法為主題？」瑟琳娜揣摩著。克里斯托弗則露出神祕微笑。

「是死亡的過程嗎？」山姆問。

「我們都好想看噢！」布蘭妮熱情說道。

「親愛的，」他溫柔地看著她。「還沒畫好。我都是畫完之後才會公開展示的。」

「還差多少沒畫？」席德展現出談判技巧。克里斯托弗的表情軟化了。

「也快好了啦！」他承認道。

「這會是我們天大的榮幸呢！」法郎察覺到他有所鬆動，並把雙手放在心口上。一張張懇求的臉全都看向他。克里斯托弗一個又一個地回望著他們，然後歎了口氣。

「嗯，好吧，」過了一會兒，他說：「我也覺得差不多結束了，跟我一樣。」他示意瑟琳娜把牆邊的畫布轉過來。

瑟琳娜把畫架轉向時，我坐在克里斯托弗腿上，看著這幾位客人，而不是那幅畫。從他們一看到這幅畫的表情，我就明白了，不僅僅是因為他們臉上又驚又喜的神情，也因為整個氣氛發生了變化。達賴喇嘛進入任何空間也會帶來一種充滿活力的轉變。在場的人會覺得自己身處於無限純潔與慈愛之中，內在的盈滿是身體都感覺得到的。

我轉身看向那幅令他們目瞪口呆的畫。是阿彌陀佛——但不是傳統唐卡顯現的那樣，坐在他淨土中的一朵彩色蓮花之上。克里斯托弗的整張畫布全都是阿彌陀佛的臉和軀幹，他的身體赤紅鮮明、生動活潑，現身在喜樂、飽滿的光輝之中。這個形象具有一種引人注目的力量，好像阿彌陀佛真的就在那裡。克里斯托弗這幅畫以令人讚歎的直觀，將阿彌陀佛無量光、無量壽的特質表露無遺。

席德眼中滿是淚水。瑟琳娜用手摀住了嘴。法郎早就很本能地雙手合十，虔誠地放在心口上。「非凡之作啊！」他率先開口。

「完全不同於我以前看過的畫。」瑟琳娜同意道，情感牽動了她的嘴角。

席德轉身向克里斯托弗點頭致意，然後說：「這是我所見過最殊勝的阿彌陀佛形象。」他的話裡充滿情感。「請問您，這位無比幸運的委託人是誰？還有，這項委託是如何促成的？」

眾人對他作品的好感顯而易見，克里斯托弗的態度軟化了，他沉思很久後開了口：「我來說明一下好了。其實，過去幾個月來相當不尋常。是從我的病已經到末期這件事開始的。」

他一呼一吸之間氣息微弱，說出來的都是短句，他把我之前偶然間聽到他向瑪麗安・龐特說的事全告訴了他們。他是怎麼重拾畫筆的——就純粹是畫畫本身的樂趣。他還說是因為我的關係讓他心血來潮，而將畫作《太初黎明》贈予尊者。

「這次我們能歡聚一堂，」他笑著說：「是因為大家昨晚都上了旺波格西的課。我會去上課是因為達賴喇嘛叫我要去，而我能與尊者談話的唯一原因則是這隻小貓。」他持續撫摸我時，我懷著感激之情呼嚕嚕了起來。「所以，你可以說，因為達賴喇嘛的貓發揮了影響力，所以阿彌陀佛現身了。」

「是影響力絕不容小覷的小貓。」瑟琳娜低聲表示同意，聲音裡有笑意。

「您為尊者創造了多麼非凡的禮物啊！」席德說。

「尊者給我的禮物更加特別。」克里斯托弗回答。

隨之而來的沉默中，顯然大家都希望他能說得更詳細些。

「從沒想過我可以靜坐，」他點點頭。「我很久很久以前，就知道這個理論了。對於『大手印』的崇高實相這類概念也有些了解。但因為我沒辦法坐在坐墊上冥想，所以就誤以為自己無法落實這樣的智慧。尊者讓我覺悟到，我作畫時，可以完全專注於我畫的對象。我的專注是全面的。這就是為什麼他會委託我這份工作，讓我專注在一個在德行和力量都是最高深的對象之上。」克里斯托弗指了指在他身後的畫作。

「這次我在作畫時，所有的一切都合一了，」他的聲音充滿了情感。「理解和行動。直到最近，我才第一次領悟到，我的人生並不是像我之前所以為的那樣浪費機會。沒有工作那幾年也是有其意義的。」他望著一張張深受感動的臉龐，堅定地點點頭。

「最重要的是，」他告訴他們說：「我已經完全不害怕死亡了。死的人，到底是誰？我慢慢了解到，沒有什麼好害怕的——你們也不必害怕死亡。我們只是不再畫出某種實相而已。我們會開始畫下一個。你知道，我想我從未有過這種感覺，但人生就是這麼奇妙，其實我現在非常盼望接下來會看到什麼。」

第六章　秋日午後的戶外瑜珈課

傾聽風吹過附近樹林時的聲音起伏。各種鳥叫。下山的路上所經過的車流。若能保持警醒，則能聽見所有的聲音，除了免不了會出現的內心獨白。

雨天變少了，間隔也拉長了。濃霧已遠去，取而代之的是清晨薄霧，是有如香火般縹緲的霧氣。我從二樓窗台上觀察到雨季即將過去，伴隨著一年中我最喜歡的時節悄悄到來。喜馬拉雅山的秋日是愉悅的時光——溫暖的日子、植被茂盛充滿活力、隨處可見絢麗色彩。雨後，草木蒼翠，繁花似錦。松木清新的氣息融合了百花香氛，飛禽在其中啼囀飛掠。秋日天空，蒼穹清晰綿亙，映照出積雪群峰的崇高與超脫。它們一直都在那裡，只是我們見不著，一旦雲霧的面紗從這群熟悉的守護者身上揭去，原來它們並不遠，比我們印象中來得更近些，近得叫人錯愕。

這樣的日子，貓族在遭到關押數月之後，身上的每一根肌腱都在叫她出去冒險。去探索。去好好利用所有尚待發掘的奇異事物。

人類似乎也有同感。

某日下午，隔壁花園方向傳來的誘人香氣吸引住我。那是貓薄荷的幽微暗香。一到那裡便瞧見布蘭妮·薇倫斯基在雪松下的草坪鋪了條毯子，我有些詫異。她身邊有個柳條籃子，裡頭裝滿了各式飲料和盒裝食物。

我認識山姆的女友布蘭妮已有多年，當初她為了找兼職志工教孩子們電腦技能而來到「喜馬拉雅·書·咖啡」，想在布告欄貼傳單，從那時起，我就一直看著他倆。剛升為書店經理的山姆緊張不安，面對這位二十多歲、活潑能幹的加拿大女孩要求他當教學志工，他可說是無法抗拒。

兩人的關係就此展開，布蘭妮自信的舉止，哄著山姆打開封閉的外殼。他們先前搬進了威廉斯太太樓上的公寓，這位老婦人可說是來自地獄的鄰居。我和咖啡館其他常客一樣，都知道後來的情節發展。

「仁波切您好！」布蘭妮向我打招呼時，是像愛狗人士那樣打了個響指。這種姿態可能會引起某些貓族不滿，但我很清楚布蘭妮其實心地善良。

更重要的是，我一靠近她就感覺到她有些不一樣。

我好奇地走向她，任由她抓撓我脖子時，便嗅聞她，想用直覺辨識出是哪裡不一樣。然後，我走到花壇上很特別的那塊地兒，那片貓薄荷在雨季中長得密集又茂盛。

布蘭妮正在把墊子弄平整，又從籃子裡取出幾樣東西。這是我第一次見她準備野餐，像這樣的下午時光的確再合適不過了，這奇妙的一天與前幾周的陰暗沉悶形成鮮明對比。

沒過多久，山姆就到了。他從人行道走上台階，倒臥在她身邊的墊子，並送上溫柔的吻。

「這樣不是很棒嗎？」她比劃著，向天空伸展雙臂。

「太棒了！」山姆躺下來，把頭枕在地面，透過雪松的枝椏凝視天空。「我不知道妳那麼喜歡野餐?!」

「我是這樣長大的啊，我家的傳統，」她說：「但這是我第一次在印度、在特別的日子舉辦的特別活動。」

她盯著他看，有些刻意。平日她趕著做事，一頭黑髮常是蓬亂的，今日則梳攏得光滑，微微掩面。據我觀察，她還塗了口紅和一點點眼線膏，而且穿的不是平常的牛仔褲，而是漂亮的洋裝。

山姆還是凝視著枝椏之間。「真的是個特別的日子，」他說：「而且每個人都想去外面，甚至咖啡館都好。所謂的『親近生命效應』（Biophilia Effect）。對其他生物——大自然、動物、植物，我們都有本能的愛。」

「嗯哼。」布蘭妮知道，山姆啊，就是山姆。他以為需要去解釋這一天的美妙之處，就把自己關在腦海裡檢索相關資料去了。

「心理學家埃里克·弗洛姆（Eric Fromm）想出了這個詞，不過，我們當然一直都有這種效應。亞里士多德相信，在戶外散步可以淨化心靈——透過步行來解決（solvitur ambulando）。聖奧古斯丁、愛因斯坦、達爾文和特斯拉，這些偉人也都相信這一點。雖然沒多少人知道，但貝多芬甚至會擁抱他花園裡的一棵樹。他是最早期的抱樹人。」

「真的嗎？」布蘭妮從柳條籃內取出盤子，放在墊子上。

「妳知道嗎，其實，日本和韓國的公共衛生政策就是在大城市外圍植樹，並鼓勵人們去那裡活動，稱做『森林浴』。在樹林裡呼吸樹木所釋放的芬多精時，我們體內的自然殺手細胞會顯著增加。」

「我不知道呢！」

「大多數人都想不到，」山姆同意道。「他們沒有體會到，在大自然中，我們身體其實會發生變化。皮質醇水平會下降。血壓會下降。我們的免疫系統會增強。甚至有研究顯示，如果病房裡有窗戶可以看到花園，你會更快痊癒。」

「這樣噢？」

「這些只是在身體上的一些效果。他們還做過實驗，證明待在大自然可以提高創造力。」

「真的？」

「還有專注的能力。」

「真不知道他們實驗是怎麼做的？」她一邊想著，一邊把盒蓋掀開，露出兩份飽滿的羊奶乳酪塔，為豐盛的野餐內容增色不少。

「真的很有趣，」山姆有答案。「他們是帶一群人在市中心步行一小時。另一群人在鄉間漫步。最後，讓受試者讀同一篇文章，裡面包含許多錯誤——有錯別字、誤用語法之類的。然後要求這兩組人把錯誤標記出來。

「在鄉間漫步的人挑錯能力比較好。從理論上說，他們的心念比較不忙碌。思想上比較少汙染，頭腦也比較清楚，這樣就比較容易集中注意力了。」

「嗯，」布蘭妮笑了。「現在該你自己集中注意力囉！」

「啊?!」山姆問。「注意什麼？」

「此時此地啊。當下。注意我啊！」

刻意要人注意她，這可不像布蘭妮會做的事。山姆在野餐墊上翻過身來，這才真正注意到她。「妳真的好美，寶貝。」他說。

「謝謝你。」

他看著這場盛宴，欣賞著她張羅的一切。

「那是我最愛吃的塔。」

「我知道。」

「妳跑了一趟琴恩．克勞德（Jean Claude's）烘焙坊嗎？」

「對，」她笑著說。「為了你跑了一趟。」

他坐起身，親吻她，撫摸她的臉頰。「好美噢！」他看著她笑容燦爛、容光煥發，留意到有什麼事在醞釀，卻又弄不懂到底是什麼。

「什麼？」片刻後他喃喃問道，因為她熾熱的目光，未曾稍減。

「你說『什麼』是什麼意思？」她回應道。

「就是有什麼事嗎？」

「那是你要去找出答案啊！」她調皮地說。

「好。」他看著籃子，盯著一瓶酒。

「妳買了新杯子？」

「野餐用的杯子。」

「用來喝酒的？」他繼續猜。

「蘋果汁即可。」

「不是酒嗎？」

「最好不要，」她說。過了會兒，又說：「我這種情況最好不要。」

「這種壓克力杯子很棒耶！」山姆沒有任何遲疑，興奮地握起杯腳。「比例勻稱，但安全多了。」

兩人開始享用後，布蘭妮不斷給山姆大量暗示，卻把他難倒了。對一個特別聰明的人來說，他在某方面或許是非常愚蠢的。但他也確實懂得夠多，還能意識到自己遺漏了一些東西。

田園詩般溫暖的午後，布蘭妮慵懶地躺在墊子上，我從貓薄荷中振作起來，穿過草坪。幸運的話，她盤子上可能會剩點羊奶乳酪。

山姆注意到我的出現。布蘭妮則說我們早就打過招呼了。

經過大範圍嗅探，我找到了極小一粒卻無比美味的奶酪，津津有味地吃了它。

山姆懶洋洋地躺在午後溫暖的陽光裡，他已經吃過第一回合，酒也喝了半杯。他看起來親切又茫然。我想，或許我可以用我哺乳動物的本能提醒他我警覺到的事。我爬到布蘭妮身上，在她的肚子上來回走動，這是我們貓族準備就座的預備動作。

「妳看！」山姆驚呼道，望向布蘭妮，兩人視線交會後，他笑容燦爛。「仁波切很講究座位的。她有坐在妳身上過嗎？」

「從來都沒有，」布蘭妮眼睛雪亮起來，「直到今天。」

我見山姆還是沒懂，就故意搓揉她的肚子。連這齣啞劇也沒能引起反應時，我低下頭，彷彿想檢測她體內發生的巨大變化。

山姆盯著我們看了很長時間，他善於分析的大腦無疑是在推理我的犁鼻器反應，計算出我正在仔細檢查的某種變化——化學的，或許是荷爾蒙的——並與其他輸入數據連結起來。布蘭妮說「特別的日子」。她不喝酒。她提到粉紅色或藍色。最後，他有點喘不過氣地問：

「妳……懷孕了嗎？」

「終於！」她歡呼雀躍，雙臂高舉過頭。山姆則是不敢相信。

「是我們懷孕了！」她糾正他。

他俯身親吻她，這時我跳了下來。「我簡直不敢相信……！」

「我知道，」她把他抱進懷裡。「嗯……我們一直很努力啊！」

「我以為得花更長時間的！」他興高采烈地說：「妳聽說過有些人……」

「我們一直都很幸運。我們真的很幸運！」

「幸運，」他用手肘撐起了身子，滿懷敬意地凝視著她說：「是好到超出我想像的幸運。」

幾分鐘後，布蘭妮和山姆坐起身來，這個消息讓他們神采奕奕，這時一道熟悉的身影出現在人行道上。是身穿瑜伽服的瑟琳娜，烏黑長髮則扎成馬尾。在她身後的娜塔莉亞和里卡多也是相同裝扮。

她遠遠看到他倆滿臉愉快的神色，便叫道：「看看你們這對恩愛的情侶！」

他們揮手致意時，山姆低聲問布蘭妮：「要告訴他們嗎？」

「為什麼不呢？」她笑了。「他們就像家人。」

「你們看起來很愜意呢！」瑟琳娜說。

「我們有個好消息。」山姆喜氣洋洋地說。

他們停下腳步。

「目前，只跟你們說噢……」他告訴他們。

「我們懷孕了！」

他歡天喜地的。

不消一刻，這三人便走進花園裡。山姆和布蘭妮站了起來，接受擁抱和祝賀。布蘭妮告訴他們說她是早上才確認有了身孕，所以還很初期。他們讚美她的氣色時，她解釋說這次野餐是想要與山姆一起慶祝的，也因為天氣這麼好，不過，他理解的速度超慢——以下是這個故事的第一個版本。而在未來的幾個月、幾年，透過反覆重述，無疑會再添加更多細節。

「我們都在麥羅甘吉找到了另一半，真是太神奇了，」瑟琳娜說，眼裡亮晶晶的。「席德和我。妳和山姆，」她握著布蘭妮的手。「我敢打賭像妳這樣外向的加拿大人，一定從沒想過最後會和一個美國宅男在一起吧？」

「真的從來沒想過耶！」布蘭妮哈哈大笑。

里卡多和娜塔莉亞摟著山姆。

「你們看起來好像要去練瑜伽，」布蘭妮說。「但教室在那邊才對。」她指著他們走的反方向。

「傍晚的計畫不一樣，很棒噢！」瑟琳娜告訴她。「海蒂正在教戶外課和冥想課。就在馬路對面，療養院的草坪上。」

「聽起來不錯耶！」布蘭妮說。

「很特別的，」里卡多說：「歡迎你們來。」

「謝謝，可是我們沒穿瑜伽服，」她說：「山姆也喝了快兩杯酒。」

這當中我一直沒受到認可，等到我用身體擦瑟琳娜的腿時，她才彎下腰來摸我。「和往常一樣，這些事情都和仁波切有關吧？」

娜塔莉亞低頭望著我，顯然她比大多數人都更了解我要什麼。「你覺得她會想上瑜伽課嗎？」她問。之前我無意間聽到法郎告訴她，我有去下犬瑜伽學校上課，從後方的架子上監督學員做伸展和前彎。有時候，他們甚至會為我戴上花環，叫我「斯瓦米」（Swami，大師之意）。我這位來自哥倫比亞的新朋友還記得呢！

瑟琳娜蹲下來，不確定地看著我。「療養院所在的山坡，不高但很陡。」娜塔莉亞提議：「那我抱她上去，行嗎？」

親愛的讀者，這就是我在一個月內第二次躺在我南美洲新粉絲懷裡的始末。我們過了馬路，走上了一條很陡的山道，陡成這樣，要是沒有充分的理由，我絕不會再來一次。

「真是大好消息！」瑟琳娜笑著，轉身向布蘭妮和山姆揮手。

「他們是很棒的一對。」里卡多同意道。

「而且山姆人很好，」娜塔莉亞說：「他在閱讀方面幫我很多忙。」

「我有一次看到妳坐在沙發，旁邊有山姆推薦的書。」瑟琳娜比劃出一堆書的樣子。

「我剛來印度時，對佛教一無所知。我來自一個天主教國家，妳知道的，」娜塔莉亞解釋道：「突然間，我周圍的人都是佛教徒。我想知道他們是怎麼思考的。」

「那妳現在更了解了嗎？」瑟琳娜問道。

娜塔莉亞點點頭，「但還是有點不懂。我以為佛陀是男生。但我後來讀到了有些佛陀是女生。」

瑟琳娜笑了。「歷史上在兩千五百年前的佛陀，釋迦牟尼佛，他是男生。但開悟是一種超越性別的狀態。開悟的人可以依照所願選擇現身的形式。自從有佛陀以來，許多人都開悟了。所以……」瑟琳娜有些喘不過氣來，便雙手叉腰，稍作逗留。「我們有綠度母、白度母、般若佛母等女性開悟者。在藏傳佛教中，女性與大智慧有關。」

比她年輕了二十歲的娜塔莉亞，一點也不喘，她點點頭。「這很酷耶，」她說。「女性……是很受重視的。」

「神聖的女性？」瑟琳娜回頭看了一眼。有幾名瑜伽班學員跟著他們上了這座小山。

「肯定是！」

「所以這些佛母，她們是本尊，對吧？」瑟琳娜點點頭。「依照妳的願望。本尊數量不限，性別有男有女。」

「有什麼區別……」娜塔莉亞想問到底：「佛和本尊有什麼區別？」

「妳修練後，與妳在心靈上、思想上有所連結的佛就是妳的本尊，他們會幫助妳達到與他們相同的狀態。不同的人會受不同的本尊所吸引。」

「所以佛教徒的本尊不會都一樣囉？」娜塔莉亞吃驚道。

「不會。」瑟琳娜搖頭。「這是個人的事。我們有些人受某些本尊吸引，而有些人則會受不同的本尊吸引。不同傳承之間，本尊就有好幾十位，甚至上百位。妳大可說，我們所選擇的本尊就是我們想成為的人。」

「最好的自己？」娜塔莉亞想確認。

瞬間，我就穿越回到尊者接待著名的流行歌手來訪那一天。稱粉絲為小怪獸那一位。他祝賀她創造出一個最理想的自己，然後把這個想像化為真實。相信就能看見。

「沒錯，」瑟琳娜說。「我們都希望獲得開悟。走向開悟的道路和我們自己一樣，都是很個人的事。」

陡峭的山道變平坦了，前方是一片鬱蔥的綠色草坪，學生們已經開始在那裡鋪設瑜伽墊了。不遠處，有座廢棄的殖民時期雙層樓房，有圓柱門廊和寬闊陽台面向草坪，以及另一邊——靜謐、積雪覆蓋、永遠神祕的喜馬拉雅山脈。雖然療養院本身年久失修，窗戶被木板封住，外牆牆面石膏板裂開，部分屋頂塌陷，但周圍的花壇中的植物，仍有鳳仙花和馬齒莧盛開著。

「說到底，」瑟琳娜說：「所有本尊都是同一顆開悟的心的各個面向，就像鑽石的不同切面。同一件事，不同入口點。諸佛不像小孩子——如果你把注意力放在其中一個佛，其他的佛是不會嫉妒的！」

他們全都笑了，然後娜塔莉亞說：「謝謝妳的解釋。」她的聲音很溫暖。「很有趣。」

下犬瑜伽學校一直都能觀賞山景。多年前陸鐸在達賴喇嘛建議下，蓋了這間教室，並設計了很大的滑動門可以面向山脈全景。教室的牆壁則裝設有鏡子，讓這番美景可以映入室內。

雖說都是觀景，但坐在室內眺望群山是一回事，而在室外感受微風輕拂鬍鬚，讓午後溫暖的陽光灑在臉上，那又是完全不同的體驗了。這個特殊日子裡，所有的能量似乎在邀請大家走進大自然——許多人也都應邀出席了呢！

瑜伽課的固定學員把五顏六色的瑜伽墊捲起來夾在腋下走路上山，此外，還有很多我不認識的人。海蒂來得早些，她把教室裡的墊子分發給新學員。供不應求時，只好用大毛巾代替。還有幾個路人在一旁圍觀，他們倒不是想上瑜伽課，只是在場地外面看熱鬧。我從未見過這麼多的學員，而且氛圍相當不一樣。空氣中瀰漫著歡慶的氣息，是默默地在答謝大自然的奇蹟。

草坪一角有塊大山石，上頭開滿了鮮花，人們把脫掉的鞋子、包包和各種衣物放在一旁。而另一頭，有一塊光滑的巨石提供了完美的播報台，可讓貓族評論員追蹤報導草坪上的動靜。

於是我就這樣，看著海蒂坐在面向老舊療養院的位置，讓全班學員可以飽覽她身後山景的無盡風光。她用輕鬆的姿態帶領學員完成了各種伸展動作，同時簡要解釋著各別動作的目的，我也一路相隨。她安排讓筋骨比較靈活的學員挑戰比較難的體位，同時又讓身體比較僵硬的學員不至於落後。

陸鐸也在學員席上，離我不遠。有幾次我注意到他臉上出現驚訝的表情，甚至轉為擔憂的樣子。我看著他教課這麼多年了，為何如此我是猜得到的。他練的是「阿斯湯加」（Ashtanga）瑜伽，總是按照規定的順序，遵循不變的體位法規律。他不會隨心所欲地練，也沒有即興發揮的餘地。不抄捷徑，也不接受新觀念。他所追求的是完美講求嚴格和紀律。

海蒂教的一系列伸展動作似乎目的都一樣，但形式不同。有些體位法特別適合整天駝著背敲鍵盤的人，可以伸展他們太緊的身體部位；也有倒立式，至少讓頭部低於其他部位幾分鐘，好讓體內的能量流動逆轉，讓流向大腦的血液增加。還做了點有力的弓箭步和手臂動作，之後是有系統地放鬆全身，最後海蒂邀請大家以冥想姿勢徹底放鬆。

大家都坐好，靜下來不動時，她就要他們把注意力一次集中在單一感官上。首先是聽覺：傾聽風吹過附近樹林時的聲音起伏。各種鳥叫。下山的路上所經過的車流。若能保持警醒，則能聽見所有的聲音，除了免不了會出現的內心獨白。

也不應該有批判——批判會進一步導致內心喋喋不休。就本次冥想的目的而言，聲音沒有好或壞，也沒有愉快或不愉快，聲音就只是聲音。

她帶領學員走過其他感官——觸覺、味覺、視覺——同樣地她鼓勵大家用細節檢驗，一次只專注於一扇感官之門。這是感官的磨練，把注意力縮小集中。

然後，海蒂請我們觀察任何流過我們所有感官的東西——這個指示讓人覺得好釋放、好自由，直到那時我們才注意到，她已經巧妙地引導我們遠離內心的喋喋不休，而能完全沉浸在這一刻。我們就只是存在於此時此地，面對群山，它們的冰帽及傾瀉的河流反射出落日餘暉——在琉璃藍的天空刻著金光閃閃的群峰。在這兒，山風拂面，夕陽餘暉照在我們的背上，耳中傳來四周林間傍晚的鳥類鳴唱，悅耳動聽，傍晚綻放的花朵也散發出迷人芬芳。

「我們走進大自然時，」海蒂的聲音緩慢而撫慰，就像吹過樹枝間的風聲，「我們以為自己是遊客，把自己和樹木、山脈和太陽分隔開來。我們以為和他們沒有密切的連結。以為我們之間是沒有關係的。」

她停了好一會兒之後，挑戰學員說：「但這樣的想法是對的嗎？想想我們的呼吸。我們的生命有多依賴呼吸。吸氣和呼氣——決定了我們是否活著。我們每一次呼吸，都會吸入由樹木、植物和草所製造的氧氣。每次呼氣時，則會呼出二氧化碳，也就是這些植物生存所需的二氧化碳。因此，我們與樹木和植物之間並沒有分得那麼開。事實上，我們和他們是有關係的，我們需要他們，他們需要我們。」

這群人懷著如此洞見，坐了好一會兒，因為大家的頭腦更安靜了，可在比平常更高的層次上對如此洞見的真實本質產生共鳴。

海蒂換了一個角度。「我們的身體百分之九十由水組成。水從哪裡來的？說到底，就是從河流、海洋、雨水來的。我們以不同的方式使用它，它暫時成了我們的一部分。然後我們把它排出體外，就像呼出二氧化碳一樣。這水則回歸大自然，而這樣的水流中也包含著我們。

「同樣地，雨水和河流不是和我們無關的東西。我們對他們是完全依賴的。我們是水循環的一部分。」

我們頭頂上空傳來大雁深切低鳴。是六隻灰雁成群，以整齊的陣形，緩緩劃過天空，橫越地平線。

「那我們體內的每個細胞呢？」海蒂繼續分析式思考，「細胞來自我們身外某處。最終而言，是從土地而來的。無論我們吃素食或是肉食，營養來源都是土壤本身，就如同土壤也支持著其他生物一樣。身體會處理食物並把它排泄出去。體內沒有一個細胞是我們可以宣稱說是完全屬於我們的，是我們獨有的。而且，因為細胞一直在新陳代謝，所以沒有一個細胞年齡超過七年。我們不斷與土壤接觸。我們身上每個固體成分都來自於土壤。」

她停了一會兒。

「如果沒有太陽，就不會有這一切。如果沒有光，沒有熱，就不會有樹木或植物。也就沒有食物或生存機會。沒有太陽，我們很快就會死去。」

如果有人之前覺得無法與這些有所連結，那麼，他現在避無可避了，太陽即將從建物後方落下，最後幾道拉長的光線溫暖著所有學員的頸背，大家都泰然自若地沉浸於那一刻。

「所以，我們絕非去大自然遊玩而已，」海蒂說：「絕非與樹木、大地和太陽各不相干，說真的，我們就是這一切的一部分。我們不是去大自然，我們是從大自然而來。我們即為大地、空氣、水和太陽的化身。

「試試專注於這個想法一會兒：我就是大自然，大自然就是我。」

這群人身後的太陽已經落到地平線以下，前方山巒反射著落日餘暉的光芒。高聳的峰頂看似不真實的櫻桃色，溶融的鮮紅河水自其兩側流下。

良久，每個人都完全靜止不動，而且較之以往，與眼前的非凡景緻更加有所連結了；與之無二無別的不只是上方超然、不斷變化的光影舞動，還有下方的一切——樹林與穿越林間的河流、青翠的植物、繁茂的花朵、天空、雲彩及大地本身。我們每個人都體認到，我就是我的樣子，因為這一切就是這一切的本來面目。每個個體都是同一實相的不同面向。

那天，學員們離開教室時，行動靜默，心中懷有敬意。

他們捲起墊子，走下小山，仍然感到這些經驗的衝擊，也希望繼續保有這種懷有敬意的連結。

有幾位瑜伽課的固定學員幫忙收拾教室的瑜伽墊。有幾張墊子沾上青草顏色，席德蹲在陽台旁用水龍頭清洗汙漬。流水聲吸引了我，我便從大石上跳下來陪他一起。那時，我才發現傍晚的課程並不是每個人都喜歡。

「我真是不懂妳在做什麼！」陽台上陸鐸激烈地對著海蒂低語。

「在安定心念之前，先把身體準備好，」她回答道，「是按照傳統的作法。」

「那個，」陸鐸搖了搖手指，「不是把身體準備好。不恰當。妳也漏掉了幾個最重要的體位。」

「時間不夠啊，叔叔。只有一個小時！我想讓大家能體驗到瑜伽和冥想。」

「那按照古魯吉（Guruji）的說法，就兩個都別做！」

在水龍頭邊的席德無意中也聽到同樣的對話，便皺起眉頭。

我立刻想起了海蒂在「喜馬拉雅．書．咖啡」時的談話。正是這樣的批判讓她有多麼痛苦。她曾經相信這種狀況揭示了她個人極度的不足，並可回溯到她的童年。

一整桌的朋友們都竭盡全力勸她別這樣想。瑟琳娜是怎麼提醒她不要理會「垃圾群組」的！法郎是如何請她自問這個不完美的自我到底在哪裡可以找到的——當時那一連串的自問，不就是她今晚指導學員時所提出的感受細膩的問句?!

她會如何回應陸鐸？

顯然，她把朋友們的建議都放在心上了，因為我聽到她說的下一句話是：「你的觀點或許是這樣，這點我願意尊重，但其他人的觀點並不一樣。」

「體位法就是體位法！」陸鐸不讓步。「我們必須尊重體位法的先後順序。順序的存在有其緣由。妳不能隨便地不做這個、改做那個！」

「為什麼不可以？」

「如果妳不創造成果的因，妳怎能得到成果呢？」他對自己的看法很堅定。「妳是怎麼成為優秀的瑜伽士的？一開始，妳要練初階系列，然後是中階，最後是高階。」

「叔叔，一般人連初級系列都練不了的！這點你是知道的呀！」

「一步一步走，其他的就會隨之而至。」陸鐸回答是很本能的，「紀律、實踐。」

「不是每個人都能成為瑜伽士，更不用說優不優秀了。大多數人很努力也只能應付著過日子。難道我們就不管他們了嗎？」

「如果他們想做其他事情，就會去找來做。」

「但我們是有能力幫他們的，無論他們可以進步到什麼程度。即使他們不會再來上課，」她指向一群正走下山的學生即將消失蹤影的方向。「如果能讓他們意識到今天有些特別的東西，即使時間短暫，如果能給他們幸福感，如果能種下一顆種子……」

「那是失敗主義的言論！」陸鐸插話道：「下犬瑜伽學校學生的眼光是在巔峰。到達那裡之前，我們不會停下腳步。」

「完美是少數人才有的，」海蒂反駁他說：「那許多在受苦的人呢？」

「我們不是精英。所有來的人我們都歡迎。」

「你太不務實了！」

「不務實的人是妳才對！」他說得很激烈。「軟弱的心是不會有滿足的！」

海蒂快步從陽台的台階離去，眼中含著晶瑩淚水。她從大石頭旁邊抓起她的瑜伽墊，很快就走下山了。陸鐸則從容不迫地跟在她後面，剛毅而凜然。

席德擦完墊子，關掉水龍頭，難過地看著我。「怎麼辦，嗯，仁波切？達賴喇嘛對這種事情會怎麼說？」

不消幾分鐘後，我便走下陡峭但幸好算短的山路，回到住所，見到了尊者。樓下接待室的窗戶總會開著供我通行，所以我通常會從這裡鑽進去，這是我不走大門時的專屬通道。然而今天，在狹窄的窗緣邊上再過去一點，有扇窗戶也是打開的。就我所知，這扇窗以前從來不曾開啟。

當然，這我得好好調查。

我所發現的也沒令我太震驚。這些完全敞開的大掀窗屬於一間鮮少使用的陽台房間，而那兒坐在藤椅上的正是達賴喇嘛。

「啊，我的小雪獅！」我出現時，他呵呵笑著。「妳也跑去外面了？」

我喵了一聲，便從窗台跳到地板上，過了一會兒又跳到了他膝蓋上。

「在這樣的日子，我也喜歡做和妳一樣的事，」他邊說邊撫摸著我。「可以自由探索外面的世界，走在森林裡，躺在草地上，感受陽光照在全身。但我覺得，保全人員可不喜歡我這樣。

「有時候可行之事會受到限制。我們不能總做同樣的事。但這沒關係，不是嗎？我們所做的事可能不一樣，彼此是不同的，但這些都不重要，只要記得，我們在外面世界能找到的所有快樂都來自於心念本身。」

我倚在他身上，頭靠在他胸前，視線越過他的紅褐色長袍和敞開的窗，凝視著群峰在清澈的天空下逐漸變暗。尊者曾多次形容過禪修者的心有如秋日天空般，擁有無法形容的無限明朗。今晚就是這樣。萬里無雲的天空，清澈無比，彷彿完全不沾色彩。

落日漸次沉入地平線下，天邊隨即出現了第一道銀色微光，山峰的冰冷亮光也在閃爍著。而太陽的美麗與平靜仍在繼續。深刻的、無法擋的幸福感。我輕柔的呼嚕嚕聲，以及達賴喇嘛有節奏的心跳音「啦波—答—啦波—答—啦波—答」也與所有這一切相隨相依。

第七章　檸檬水的美味從何而來？

瑜伽士塔欽：「若能讓自己去讚歎討厭的人幸福快樂，那麼不僅能去除嫉妒心，還能戰勝仇恨心。」

親愛的讀者，「美好」自何處來？

而「美好」的反面——「醜惡」又自何處來？是什麼東西會讓有些事物——或人——成為不受限的愉悅源頭？又是什麼東西會讓人變得很討厭？後者怎麼會變成前者，而且變換得如此之快，出乎意料，這又是怎麼一回事？

這些都是值得思考的問題，不是嗎？尤其是當你不得不忍受的厭惡感已經達到難以忍受的地步時。對一隻成熟又有智慧的貓來說，若想對生活懷有更大的熱情，能有可靠的方法為自己的生活源源不斷地注入前者，同時又能確保盡可能地避免後者，這樣不是很好嗎？

我在某次特別的早晨外出行程中，完全不知道這些問題的答案即將揭曉——而且是以一種我完全想像不到的樣貌。

九重葛街是麥羅甘吉很典型的蜿蜒道路，它先經過好幾處破落的小店、擁擠的屋舍、毫無特別之處的荒涼土地，接著往下走則會看見一棟公寓的茂盛花壇，和幾棟辦公廳舍打蠟打得啵亮的木門。順著這條街走就可以走到「下犬瑜伽學校」。瑜伽教室對面則是有點更像是我家的地方，這也是我今天的最終目的地：曾經是喜馬偕爾邦大君府邸，有刷白的高牆和華麗大門那一間。

九重葛街一〇八號一直都有些動靜。最近幾天，我在貴賓廚房裡偶然聽見春喜太太和丹增在講臥房和水管大修的事。某日瑟琳娜花了大半個上午聯絡好幾位景觀園丁。這裡正在發生著天翻地覆的變化。

就連法郎和山姆也都以某種方式參與其中。他們一有機會就在書店結帳處與瑟琳娜臨時開個會，討論聯合行銷。要說那都在幹些什麼，我是不知道啦！可我打算自己找答案。今天似乎就是個重要的里程碑，因為席德和瑟琳娜要來檢查這次進行得還滿順利的建物翻新工程。而陪伴他們的重要貴賓則是瑜伽士塔欽。

席德的舊居總顯得有些太威嚴了。這座建築坐落在連綿起伏的草坪上，周圍環繞著高聳的雪松以保有隱私，我還記得那是一棟堅固的兩層樓房，有大理石台階、正式的入口大廳，走進去時有一種來洽公的怪異感——但是，既無辦公門廳那種沒人味兒的堂皇，卻也沒有私家宅邸的溫馨感。

在遇見瑟琳娜之前，席德和他女兒紗若就住在這裡。當時，喪偶的他必須接受妻子香緹在一場車禍中喪生的事實，而這裡也成了他事業的總部。

自從席德和瑟琳娜搬進了有塔屋的新家，近幾年他就把九重葛街這間租出去了，我路過時也就不太留意。然而，有時候還是會停下來聞一聞那幾面精緻的鍛造大門，若聞到一陣特殊犬齒的獨特氣味，我就會不由自主地全身顫抖起來。這地方和我是有一段歷史的。

我曾深深相信，我這一生中最大的創傷之一，或許就是在這條街上被兩隻瘋狗盯梢。他們的皮帶一鬆開，便立馬追趕過來。我衝進一家香料店避難。他們緊追不捨。接著是店主不停尖叫、薑黃粉滿天飛、瘋狂追擊、天下大亂。後來由於體內腎上腺素急速分泌的刺激，我奮力一撲，這才攀爬上了席德家的大門，才能逃離那兩隻地獄來的瘋狗，不停狂吠，還滿嘴口水。我就坐在席德舊居的牆上好幾個小時，全身撒滿了香料，可憐兮兮的，直到瑟琳娜上完瑜伽課在回家的路上解救了我。

過了幾週，又有一次類似的追殺，結果是我背對席德家的牆，無處可爬，但這次我開始對這類事件——以及追殺我的狗——有了不同的看法。當時，我別無選擇，只能藉由怒神的怒火鼓起勇氣，對著這兩隻瘋狗露出我的尖牙，他們竟嚇呆了，都不知道接下來該怎麼辦。其中一隻冒失地把鼻子伸向我這邊時，我便飛快地揮出一爪，刺他一下，結果這兩隻狗竟迅速撤退。從那一刻起，我不再是一名驚慌失措的受害者，而是「征服者雪獅」——黃金獵犬的征服者！

今天在九重葛街一〇八號的門口停了下來時，便發覺這裡好熱鬧。大門敞開，有輛大卡車車頭朝外，工人們正在把好多浴室用品搬進房子裡。外牆已經重新粉刷過，並用光亮的瓷框裝飾，為這地方帶來出乎意料的奢華氣息。招牌公司的人停好小貨車，工人們便開始測量入口處要裝設的看板尺寸。

這時，我一腳踏進了門，看到了幾處園子已經成了適合好奇小貓探索的地方。一排排固定的花壇不見了，取而代之的是處處茂盛的枝葉。綠樹成蔭的座位區周圍用芙蓉樹籬隔開來，自成小天地，這是以前沒有的。層層疊疊的瀑布上方有高高的棕櫚樹，開滿了熱帶花卉。在這片富饒的新世外桃源，四周仍然用雪松樹維護隱私——這是我唯一熟悉的植物。

過了一會兒，卡車上的浴室用品終於清空了，工人們紛紛擠上車子，在一陣黑煙中蹣跚離去。短短車道空無一人，我穿過光亮的鋪石路面來到前陽台。前門是開著的，裡面傳來遠遠的聲音。席德和瑟琳娜是否已經在視察場地了？若是如此，他們有沒有帶瑞希一起來呢？這個地方到底會變成什麼樣子？現在有一種精品飯店的氛圍，就是時尚雜誌封面會特別介紹的那種。可是席德和瑟琳娜從來沒有說過要經營飯店啊！

前門兩側各有黃銅大花盆，裡面的粉紅色山茶花朵朵盛開。大花盆底下都裝設了帶輪子的底座，而且顯然最近才澆過水。排水孔下方竟有小水窪，這種事正需要進一步調查。

我走到大花盆旁，好奇地嗅了一下水窪。我慢慢吸氣，果然查驗到了肥沃的營養成分。

對於貓族來說，沒有什麼水會比富含泥土元素的水更愉悅了。我試著舔幾口，這才注意到附近有吵雜聲，是令人不安的那種：重複的咿咿呀呀，而且越來越大聲了。大花盆擋住了我不被看見，我就在後面等待動靜。果然，瑞希從前門出現了，正在地面爬行。

幸好他沒看到我。他愉快地繼續有節奏的咿咿呀呀。無論他在哪裡，瑟琳娜都不可能離他太遠。要等到她出現在我眼前，並將他抱在懷裡，我才會現身。

至少，我是這樣計畫的。

此時忽然來了一隻惡狗，情勢陡然起了變化。就在不遠處，敞開的大門中間。那是從街上一間破房子出來的狗。狗毛像鋼絲、生性狡猾，我曾見牠闖出來咬路人，所以總是避開牠。牠老是到處搶東西吃。直到我看到瑞希手裡拿著什麼，一個三明治，我才知道牠為什麼跟著瑞希不放。

瑞希以前看過這隻狗，所以一點也不設防。他繼續唱著不成調的歌，在陽台上蹦跳，上下揮舞著食物。這狗靠得更近了，他瞄準了大獎，盤算著搶走這塊三明治的機會。

瑞希可能會被突如其來的襲擊嚇壞，會很難過他的點心被搶走，但情況可能還會更糟。當這狗繼續悄悄接近，兩肩往地面下沉時，我就知道他可能會使出賤招。這狗可能會對像瑞希這樣的小人兒造成嚴重傷害。而且，萬一瑞希稍微表現出抵抗的意思，這狗可能會發動更猛烈的攻擊。

九重葛街一〇八號總有瘋狗事件，這是怎麼回事？為什麼我之前兩次遭瘋狗威脅也都發生在這個地方？儘管這次並不是本貓受到威脅，但我還是受到一種突如其來的本能所驅使。瑞希或許無緣無故地就是怕我，但他是瑟琳娜的寶貝，根本沒辦法對付凶惡的流浪狗。瑞希只不過是片刻間溜出摯愛的父母的保護範圍，如今他的生命即將遭受重創了。

我蹲下來，縮回身體做預備動作。

那狗無可阻擋地逼近，腹部著地，身體左右內凹。

瑞希還在唱著歌，但他的心情有了變化。他瞪著靠近他的狗，稚嫩的聲音變調了。他沒那樣揮手了，好像覺得怪怪的——狗的身體姿勢是很順從的樣子，但牠的嘴脣卻是敵對地往後扯。

牠在他面前匍匐在地，明確表示出牠要食物，距離瑞希只有幾英呎了。這時，牠露出真面目，凶狠地咆哮起來。瑞希哇哇大哭，全身顫抖。

趁瘋狗和瑞希不注意，我便從藏身之處跳了出來。瘋狗眼中只有瑞希的三明治，沒有察覺在陰暗處的我。此刻，我再次扮演「瘋狗征服者」的角色，正朝它飛踢。我用前爪出拳，在空中呼嘯而過。

在那電光火石之間，每一刻都像有彈性一樣伸展，所持續的時間要比一般情況要久多了。我看到瑞希的表情從終於明白那狗要什麼時的震驚，轉變成本能地縮手以保護他的點心。他的臉快速交替著恐懼和厭惡的情緒。就在這時，我出現在他眼前，以忍者的一擊直接正中狗鼻子。牠驚恐地嗚咽一聲，往後彈跳。就在一輛白色貨車駛入大門時，牠不得不從車道逃走。

我的芭蕾式功夫招式是完全非典型的，出完招後，我在離瑞希不遠處站定，與他的雙眼直接相對望。他盯著我，正在弄清楚剛剛所發生的事。他若此時才了解到剛剛發生了什麼事，他的驚嚇會不會延遲發作？戲劇性爆發？世界末日般的崩潰？

令我吃驚的是，他瞥了一眼那狗消失在貨車後面，又把三明治的一角靠在臉頰上，然後就靜靜盯著我看。剛才的事，他有意識地了解到多少呢？

他是否有印象，在某種程度上，我方才救了他和他的點心？

「啦—啦—啦啊啊！」他終於大聲唱起來，用屁股上下蹬跳著，然後轉身面向前門。

瑞希往裡面行進時，談話聲也變得越來越清晰。席德邊向瑜伽士塔欽說明，邊走下樓梯。一旁就是新裝潢的高檔接待區，全都是金色和奶油色系，鑲有紅色飾邊，而瑟琳娜早已站在中央。她輕柔但急切地打斷了他們談話，「快看！」她指向瑞希在地板上愉快地蹬跳著，而我就陪在一旁。

「太棒了！」席德很高興。

瑜伽士塔欽點頭微笑。

「怎麼會這樣？」瑟琳娜的表情欣喜若狂。有個穿著制服的女人端著一盤飲料走進來。

「瑜伽士塔欽，喝檸檬水嗎？」瑟琳娜示意。

「謝謝妳。」他微笑著拿起杯子。

瑟琳娜走過去抱起瑞希，然後三人穿過接待室來到擺滿新家具的豪華陽台。俯瞰繁花似錦的幾座園子，感覺好像置身於考究的聖地，避世而寧靜。此刻瑟琳娜掛心的並不是園子，也不是這房子。

我坐在海草藤墊子上，離還在玩食物的瑞希不遠，她邊盯著我們瞧，邊搖頭。「這真的是太神奇了！」她喃喃自語。「瑞希第一次看見尊者貓就很害怕。現在，你看看，」她打了個響指，「他完全沒關係呢！這怎麼回事？」

「誰知道呢？」席德順著她的視線看過來。「我就是鬆了一口氣。」

瑜伽士塔欽注視著我們倆。「一切都是心念，」他停頓了一下又說：「瑞希對尊者貓的恐懼從來都不是尊者貓的問題。她本性的品質是沒有什麼好令人害怕的。」

噢，沒有嗎？我用寶藍色的雙眸瞪了他一下。去問問那頭流浪野狗，或那兩隻黃金獵犬。他們可能會給你不同的說法噢。

然而，牠們的形影一出現在我腦海，「天鵝海市和阿伯里斯特威斯市愛貓協會」主席的身影也隨之出現，就是那個用鞋子把我像討人厭的食物殘渣般踢來踢去的人。後來，娜塔莉亞把我抱走時，說我是地位尊貴的貓。

無論我擁有什麼品質，似乎只存在於那些能了解我的人的心念之中。

「什麼事情都是一樣的，」瑜伽士塔欽舉起檸檬水杯說：「檸檬水的美味從何而來？」

「不是從檸檬水來的，」席德笑著說：「不過看起來很像是。」

「沒錯！如果是這樣，那每個人都會喜歡檸檬水。但也有很多人不喜歡。很多人會覺得太甜、太酸、太濃或太淡。這意味著『對檸檬水的喜歡』源自於『了解到它令人喜歡』的這個人的心念。而任何由心念升起的快樂，都只是因為之前所創造的因緣而升起。」

「比如給別人一杯好喝的飲料？」瑟琳娜問。

「有可能，」瑜伽士塔欽同意。「每一時每一刻，我們所體驗到的真實都是由許多可能的原因所塑造的。重要的是，要去認清自己所體驗到的任何愉悅的真正原因，不只是表面原因——比如檸檬水——這僅僅只是條件。實際上所發生的是，我們正在享受先前所創造的業力的結果。」

隨後，大家靜靜聽聞附近灌木叢中鳴鳥啁啾，還有房子另一頭割草機遠遠傳來的嗡嗡聲。

「我們真正明白這一點的時候……」過了一會兒瑟琳娜說：「我們想把它融入生活當中的時候，走出去做正面的事真的是很激勵人心的。」

瑜伽士塔欽笑嘻嘻地望著她一臉認真的表情。

她把頭偏向一邊，好奇地想探問。他則頑皮地笑了起來。

「什麼事？」她問。

「妳說得當然很對，」他眨了一下眼睛。「做正面的事情。就像妳和席德在這裡所做的事情那樣。這會是很棒的——對妳的朋友和許多人都有好處！」他欣賞著園子和屋裡的美景，然後看著他倆。「但只要坐在這裡，妳就可以為正面的體驗創造強大的因緣。我認為這是『有智慧的懶惰』。」

「您是說藉由冥想？」瑟琳娜問道。

「祈求諸佛加持？」席德提議。

瑜伽士塔欽靠在椅子上，舉起酒杯。「讚歎吧！」他面帶微笑告訴他們：「讚歎自己的幸福，還有他人的幸福。」

瑜伽士塔欽解釋說，當我們讚歎某件事時，便會創造出驚人有力的業因，可以和所讚歎的對象共享。如果讚歎某人升職為管理高層，我們就會創造出自己升職的業因。在讚歎他人成功和幸福時，我們就會創造出自己未來成功和幸福的業力。

這種方法與許多佛教心理學一樣，帶有實用主義的成分。讚歎他人的成功有助於我們去除嫉妒心。若能了解到，他人的成功其實是在為我們自己的成功鋪路，就不太可能會去怨恨他。若能了解到我們正在創造自己未來的果報，就可能會更全心全意地讚歎他人的成功。若能讓自己讚歎討厭的人幸福快樂，那麼不僅能去除嫉妒心，還能戰勝仇恨心。

讚歎所帶來的業力有多強大？根據瑜伽士塔欽的說法，是非常強大的。「身為佛教徒，我們追求開悟，佛性本身看起來或許非常遙遠、無法實現。但是只要去讚歎比我們更高層次的人的行動，便可創造出他們所擁有的一半美德。讚歎諸佛菩薩的功德，便可得到他們所得利益的十分之一，因為他們的發展層次比我們高出許多。

「所以你們看，讚歎是門好生意。不需要付出一丁點體力或腦力，很容易做，卻能帶來很棒的結果。」

席德和瑟琳娜專心聽著，看起來很開心。「您是瑜伽士，我想讚歎您的專注力！」席德舉起一杯檸檬水，向瑜伽士塔欽致意。

「我想讚歎您的慈悲和智慧！」瑟琳娜同聲說道。

「我只是個小小的禪修者，」他聲明。「你們不如讚歎過去、現在、未來十方諸佛菩薩的功德。」

「就像我們每天早上吟誦一樣。」席德確認道。

「這就是我們這樣做的原因，」瑜伽士塔欽點點頭。「這不只是一種儀式。不僅是出於敬畏。我們是在創造自己成佛的業因。與此同時，」他向他倆點了點頭，「我要讚歎你們成功地創造了這個美麗的地方。」

「不過，仁波切，我覺得這件事我不能居功，」席德對上他的目光，「是您的功勞，是我們開理事會議那天您有來那一次。」

「你也不是馬上就理解的。」瑟琳娜笑著說。

「沒錯，」他點點頭。「那時候，我甚至不知道賓妮塔有困難。」

首先把目光落在我身上的人是瑟琳娜，接著是席德，再來是瑜伽士塔欽。甚至瑞希也看著我了。這四名人類一個接一個轉過頭來看著我。

「或許我們應該讚歎有尊者貓來到我們的人生？」瑟琳娜提議道。

「只要她在附近，就會發生意想不到的事情。」席德附和。

坐在一旁墊子上的瑞希，一直仔細地打量著我。就在那一刻，他抬起手臂，伸出手來要摸我。

我在回家路上行經「喜瑪拉雅・書・咖啡」，新蓋的供應外帶咖啡那一側。下午三點多，窗口無人排隊。

我停下腳步，抬頭仰望。以前比較年輕，也比較敏捷，都會先跳到櫃檯上再走進去。唉！現在一想到我是老貓，不靈活了，這一跳怕是太高的。而且從地面看上去，也看不到裡面有誰在。但還真是機緣巧合啊，就在我停留在窗下那一刻，海蒂竟然出現了。

「尊者貓！妳好。」她彎下腰來撫摸我。

咖啡館裡傳來娜塔莉亞的呼喚，海蒂回應說她要一杯奶茶。是本貓的直覺無誤呢？或是她從窗邊往後退，然後再次蹲下時慷慨地給了我不尋常的關注，讓我注意到那裡面有某種尷尬。

最近幾週，我下午在雜誌架高層打瞌睡時，好幾次我留意到海蒂已成了咖啡窗口的常客。通常在下午三點左右，咖啡廳人較少的時候。也是里卡多值班的時間。

他們會講很久的話，又是互虧，又是大笑。她經常待在窗邊，等候其他客人來來去去，總要逗留到把奶茶喝完。

今天沒有這種大聊特聊。但過一會兒，她回答了娜塔莉亞一個問題，好像跟我有關係。她很快就把我抱起來放在櫃檯上，娜塔莉亞端來一碟熱牛奶，她的黑眼珠子亮晶晶，看著我舔食。

娜塔莉亞往小鐵壺裡倒熱水，壺裡有奇特的香料和生薑味。她一臉認真的表情，然後果斷地「砰」一聲把小鐵壺放在櫃檯上。開始打奶泡時，她瞥了海蒂一眼。「里卡多非常喜歡妳。」她直截了當地說。

海蒂的臉頰頓時漲紅了。「我不覺得。」

「他一定很喜歡妳，」她直視海蒂的眼睛。「我知道他是什麼樣的人。說話、說話、說話。每次他喜歡一個女生，他就是這樣，說個不停。」

海蒂搖頭。

「試喝咖啡那次是他第一次見到妳，」娜塔莉亞的眼神堅定，「他就一直在講茶。就算在大家面前，他還是說個不停。這就是他遇見喜歡的女生時的樣子。」

「或許他只是緊張而已……」海蒂說，抬起手把落到臉頰的髮絲往後拂。

「而且你們講話都講超久的……」

「對，但是……」

「我親眼看見的。」

「那是因為下午……」

「他是因為妳才去上瑜伽課的。他以前完全沒興趣。在巴塞隆那時我曾跟他說：『我們去上瑜伽好不好』，他就……」她聳了聳肩，臉上的五官做出一副冷淡的表情。

「這不代表他喜歡我。我也從來沒鼓勵……」

「如果妳冷處理，」娜塔莉亞的表情激動起來。「他只會更想要。這會讓他瘋掉。」

「我什麼都不會做！」海蒂提高了聲音表示抗議。

「哥倫比亞人有什麼問題嗎？」娜塔莉亞詰問道，她的語氣因為有情緒而顯得強硬。

「什麼？」談著談著突然變調，海蒂嚇了一大跳。

「膚色啊？」她指著自己的皮膚。「德國女生覺得他膚色太黑嗎？」

「我從沒說過……」

「他是個好人！聰明、努力工作。」她打奶泡時很生氣。

「對啊，他是這樣沒錯。」海蒂心裡有矛盾。

娜塔莉亞把牛奶倒進杯子裡，用力推向櫃檯另一邊。「那他有什麼問題？」

海蒂的嘴巴無聲地動了動，努力想要把話說出口。結果脫口而出的是：「他是妳男朋友啊！」

「里卡多?!」輪到娜塔莉亞大吃一驚了。但她的震驚很快就轉為大笑。「他是我弟弟啦！」她哼了一聲。「那個小傢伙。」

「什麼？」

「我男朋友是費德里科，他在巴塞隆那快考完試了。六週後會來到這裡。」

「所以說里卡多……」海蒂努力想要理解這一點。

娜塔莉亞把手肘靠在櫃檯上，傾身向前，用一種滑稽的表情盯著海蒂。「他喜歡妳。如果妳也喜歡他，」她聳聳肩說：「我覺得是啦，那你們可以讓彼此開心。就像費德里科和我這樣。」

我牛奶快舔完了，於是從碟子上抬起頭，給海蒂一個湛藍眼眸的凝視。她很驚訝、困惑，努力想要理解這一切。但在震驚的同時，她眼中也多了新的光采，還有盈盈笑意。

回尊勝寺的家只有一小段路。在忙碌了一天之後，回家這條路我走得不疾不徐。我溜到寺院大門外一整排攤位的後面，停下來聞一聞新鮮嗆鼻的香氣，那是食品店扔到後面草地上的蒔蘿。我還停留在一截到我下巴高度的粗糙樹幹旁，這個天然的貓抓板給了我一節舒緩的下巴按摩療程——兩邊都按了——還有兩耳後面。

走進鋪好路面的庭院大門時，已是傍晚時分。幾名遊客在遠處徘徊，欣賞著寺廟，紅色樓梯通往精緻的藏式建築，層層疊疊的屋頂上鑲嵌著金黃裝飾，一直延伸到天邊。在寺廟的背後，是高聳入雲、冰雪覆頂的喜馬拉雅山脈。金色陽光斜照，那景象有如海市蜃樓般神奇，又有如彩虹般……（若你稍稍移開視線）便可能隨時消失無蹤。

我沒有走回我家那棟樓，而是在稍有距離之處坐了下來，遙望空蕩蕩的窗台，那是我經常端坐的有利戰略位置。

今天，瑞希了解到，之前以為我是危險的野獸是完全錯了。其實，原來我是他最有力量的保護者之一。

海蒂以為里卡多和娜塔莉亞是戀人關係也證明是錯了，他們那麼親密是因為姐弟關係，而非戀人。

這兩種情況都只是因為自己的以為，瑞希和海蒂便對生活和愛情有所保留。他們的這類觀念會隨時間增生，而變得像事實般確切。

「我們用自己的觀念描繪世界，」克里斯托弗之前就說過：「我們在這個人、那個東西上塗抹大量顏色，甚至都沒意識到自己在做什麼。我們一直都在這樣做，不知不覺，對每件事、每個人都這樣。因此，我們所體驗的全部實相就像是一幅畫，是我們自己用心念所做的創作。我們都是畫家啊！」

今天，我非常近距離地親身經歷到這段話的真實性。當然囉，在別人身上總能看得更清楚些。我見證到瑞希的巨大轉變，他開始以不同的方式看待我。海蒂的極度尷尬很明顯地也被一種完全不同的情緒取代了。

坐在秋陽下，我想起了瑜伽士塔欽所說的關於美好或醜惡、愉悅或討厭的源頭：「『檸檬水的美好』源自於『了解到它令人喜歡』的這個人的心念。而任何由心念升起的快樂，都只是因為之前所創造的因緣而升起。我們愉悅的外在原因——比如檸檬水——這僅僅只是條件。實際上所發生的是，我們正在享受先前所創造的業力結果。」

幸福的真正源泉不在外面的世界，而是在自己的心裡，這種智慧讓人深感安心。不需要環境發生戲劇性的轉變，就能體驗到最大的幸福。唯一需要的轉變是人自己的意識狀態。

瑜伽士塔欽說過，即使只是坐在這裡，你就可以為正向經驗創造強大的因緣。讚歎自己的幸福，也讚歎他人的幸福和成功。

陽光照在我的皮毛和臉上，我此刻感到心滿意足。我更滿意的是，我提醒自己，我所感受到的滿足並非來自太陽本身，而是我以前所行善業的結果。

我讚歎自己做過的所有善事，能在此時此地體驗這種幸福時，那種滿足感便油然而生。我也知道了，透過讚歎，我正在為未來的幸福時刻創造業因，我的幸福只會越來越多。一開始只是稍縱即逝的平庸感受，後來會被放大成為一種深刻有活力的感覺，把我存在的每一部分，包括我鬍鬚的最尖端那兒都圍繞起來。

讚歎是最大的乘法。而讚歎「心念本身即為幸福的真正原因」這種智慧——這種乘法超越任何想得到的東西。我從骨子裡感受到了這句話的真實性。即使在這世上，我看起來可能只是在尋常午後坐在陽光下的貓，但我是智慧的化身，我自己對實相的體驗相當不尋常——是充滿活力又喜樂不斷的體驗。

就在此時，發生了一件看似平凡卻又神奇的事。達賴喇嘛出現在樓上的窗口。一開始是很小的人影，但隨著他越靠近窗邊，那形影就越大。他停留，並凝望廣場另一邊。

很多時候，我也從他現在站的地方，凝視著他從寺院、大殿或大門走過。有時候，他會抬頭瞥一眼待在窗邊的我。這是第一次我們的所在位置調換過來了。

瑜伽士塔欽說，只要去讚歎比我們更高層次的人的行動，便可創造出他們所擁有的一半美德。讚歎諸佛菩薩的功德，便可得到他們所獲得利益的十分之一，因為他們的發展層次比我們要高得多。

無論是誰都很容易做到讚歎尊者的仁慈。而我身為尊者的貓，該從哪裡開始讚歎呢？或許是從他把我從必死的新德里街頭解救出來那時開始吧?!帶我回到尊勝寺，與我分享他的家。我們一起做冥想都不知道多長時間了。由於他不斷分享的智慧、幽默與慈悲——我十分清楚這種無形卻強大的能量，許多與他接觸過的人也都能感受得到。

而今，那股能量的來源——不僅僅是觀念上的能量——突然間震撼了我，不知不覺中，我感到一股高漲而強大的幸福感圍繞著我。因為那股能量只可能從一處而來！

達賴喇嘛就如其他外在現象般，只是一個促成的因素，一帖催化劑而已，果真如此嗎？這麼多眾生在他面前感受到特別的敬畏之情，也是我最大的喜樂之一，這有沒有可能是先前所創造的業因而讓這種感受在我們的心念中升起？若是如此，能感受到這樣的能量，說明了我們過去曾做了什麼樣的功德？是否也說明了尊者，就像瑜伽士塔欽一樣，奉獻一生就是要向他人揭示這個真相？

有了這份認知，就很容易感受到奇蹟了。因為深切的感激之情，由衷自發，從我所坐之處往上流動到他所站立的窗邊。因為了解到尊者如何體現「一切皆為心」的智慧，還有，我們的心是光輝燦爛、無盡超然的源泉，揚升的喜悅便成倍數增長了。

那個秋日午後，我坐在路面石磚上，實相從未像現在這般奇妙，我也從未如此歡欣。或許我內在的轉化，達賴喇嘛都看在眼裡了，因為當我們的目光在廣場中央相遇時，他將雙手合十置於脣邊，微笑。

第八章　七星期的旅程

實相是我們自己的心念所創造出來的，如果願意的話，每個人都有能力去創造出一個比自己所以為的更為純粹、更慈愛的無限實相。

天氣日漸好轉，我更頻繁地去找克里斯托弗。每次我從百子蓮花叢中現身，繞過安養院的一邊，都還沒見到他工作室大門呢，就會聽到室內樂、鋼琴或合唱團的樂音從裡面流淌而出。此時的巴洛克音樂特別令我安心。

若說克里斯托弗不再畫畫，那就錯了。他仍然致力於工作。無論是重重地倚靠在從餐廳搬來的直背椅上站著畫，或是最近較常坐著畫，他一直持續全心關注著……阿彌陀佛。

我注意到他會像我剛開始去找他時那般，盯著卡羅琳的照片看好久，然後才伸手去增添些微顏料，他現在也是這樣在畫阿彌陀佛。他全神貫注，幾乎都沒注意到，我來了、也跳上我的椅子了；儘管我也知道，他當然是完全察覺到他的繆斯已經現身。不時地，他會突然中斷，去調色板上混一些新顏料或另選畫筆，然後懷著靠近佛陀本尊時的敬畏之心走向畫布，進行細微之至的調整。

他鼻子裝的氧氣管是固定裝置。雖然有時候會因劇烈咳嗽、氣喘和窒息而感到沮喪，但某種層次更深的事情也在進展之中——他正在抽離退出。以一種安靜的、默默的、不言而喻的方式從這世上抽離。他會坐在椅子上凝視阿彌陀佛很久很久，彷彿發生了移轉一般——就好像他對他在這世上漸減的存在越感覺無關、無意義，甚至是越不可信的話，那麼他在阿彌陀佛的實相之中就越鮮明、越有活力。

這傳達出了什麼樣的力量啊！席德、瑟琳娜等人看到這幅畫時的反應，以及他們即時所感受到的情感連結，若果真能有此連結，現在也變得更為強烈了。克里斯多弗所描繪的阿彌陀佛，身穿絲綢衣裳，頭戴寶冠。無量壽佛、無量光佛，年輕有活力，手托一瓶長生不老藥。與其說是唐卡，還不如說是肖像畫，畫中透出藝術自由的光輝。

阿彌陀佛身上散發出熾熱紅光，帶有一種將觀者引入異次元的力量——紅色是開悟交流的顏色，也是智慧的喜樂象徵。光只是看這幅畫就能醒悟，這個無量壽、這個智慧，並不是來自阿彌陀佛，而是來自自己的心。他只是促成者——只是外在的顯化，他會讓有幸能見到他的眾生，覺察到自己原初意識的無盡與清淨。

克里斯托弗透過他的筆觸，表達出許多我聽達賴喇嘛用文字解釋過的東西。他的畫作是佛法在藝術上的呈現。特別是，實相是我們自己的心念所創造出來的，如果願意的話，每個人都有能力去創造出一個比自己所以為的更為純粹、更慈愛的無限實相。正如尊者在雨季中天色昏暗的某日，對那位來訪的著名流行歌手所說的那樣，想像出一個理想自我這樣的行動，即為其顯化的開始。相信就能看見。

克里斯托弗坐著看這幅畫的這段時間，引他入勝的正是這個真理。他奉尊者之命，沉浸在這個真理之中。阿彌陀佛淨土，梵文稱為「須摩提」，即「極樂世界」。我有時候會看到他的嘴唇抖動，眼睛看向右手所持達賴喇嘛給他的念珠，同時唸誦著他本尊的咒語：嗡阿彌德瓦捨、嗡阿彌德瓦捨、嗡阿彌德瓦捨。

克里斯多弗不工作的時候，還是很享受為自己泡杯茶，也為我準備牛奶的儀式，雖說比起以前，他得花更久時間。他有時仍會含糊不清地對我愉快地說些他鍾愛虎貓巴布、瓦斯克和米諾的情話。偶爾也會念一兩句他最喜歡的詩句：

「親愛的豬先生，你願意用一毛錢賣掉你的戒指嗎？」小豬說：「我願意。」

於是他們拿走戒指，隔天就結婚了，證婚人是住在山上的火雞。

然而，更常見的是，他喚我為他的天堂使者，是負責將他帶到達賴喇嘛面前的特使——也是讓他見到阿彌陀佛本人的特使。「畢卡索、達利和康定斯基或許都有貓為伴，」他會在這樣的時刻說：「但是有哪隻貓能讓他們感受到慈愛的能量呢？又有哪隻貓會驅策他們在工作中尋求超越呢？」

真的！還有哪隻貓會？他把牛奶放在我面前時，絕不會聽見「尊者貓」我表示反對的！有時候，我感覺到他想要有人陪，那我就會跳到他身旁的椅子上，然後我倆就一起坐著，兩個有情眾生共享這一時刻。

從他的椅子上觀察，工作室看來一如往常，完成的畫作都靠牆放著。只是現在有些空隙。藍影三聯畫以及另外兩幅畫作已經不在了。

「真是意外之財！」他有時會興高采烈地大叫。「誰想得到在我生命最後階段，我的畫作能賣出如此佳績？我能還清所有債務！現在我可以高高興興地死掉了。」

他身後的架子上，之前那堆棕色信封全不見了。

還有一次，他看向卡羅琳的畫像說：「我收過卡羅琳的另一封信。她好像想來看看。」

他看向我，語氣哀愁，「我不忍心告訴她，來不及了。」

某日上午，克里斯多弗邊唸咒邊凝視這幅畫，深深沉浸於阿彌陀佛之中。半晌，他停了下來，目光沒有移動。我最近幾次來，他一次都沒有起身給這幅畫多添些什麼。連多一筆都沒有。可是現在他用盡全身力氣，要從椅子上爬起來，雙臂因出力而顫動著。他停了一會，大喘著快咳嗽起來了。他雙手撐在餐椅椅背上，最後總算是穩住了。

我看著他轉身弄顏料，從管子裡擠出一點點，然後非常小心地在桶子裡挑選畫筆。用畫筆沾了顏料後，他走到阿彌陀佛的肖像前，然後轉頭對我說：「妳知道這是什麼意思，對吧，我親愛的小貓？」

我碰巧不知道耶！我不知道他要做什麼，更別說其中的意義了。但他的語氣堅決——同時，也了無牽掛。就好像有扇門已經大開，他正要往裡面跨。

他彎下腰在畫的右下角，用最可靠的黑色在上面簽名，然後往後退一步說：「完成了。」

他再次面對我時，外頭的陽光發生奇異的變化，有一道光線直接照射到已經完成的畫作上——而畫的色彩則回映到克里斯托弗身上。紅得耀眼的不只是阿彌陀佛，克里斯托弗的臉和身體也是。他站著，在畫布的映照下閃耀光芒，而這也反映出他自己最高的意識狀態，阿彌陀佛和克里斯托弗之間的界限變得更難區別了。這是一個結束，也是另一個開始？或許一開始他們一個是畫作，一個是畫家，但在那一刻，兩者之間的「非二元性」是再明顯不過的。

「我生命中最重要的任務完成了。」克里斯托弗說。

過了一會兒我要從椅子上離開時，走過去按了按他的腿。他雖然在持咒，但同時我感覺到他的手指和手掌在我脖子上撫摸著，然後我聞到了他燈心絨褲子上熟悉的油畫顏料刺激的氣味。我們溫馨地互相擁抱了好一會兒。

我前往住民休息室，重新扮演「療癒貓」的角色——第一次遇見克里斯托弗就是這樣的機緣。看到一屋子打瞌睡的老人因為我的出現突然都活了過來，許多人還為了爭取我的一點關注，就忙著用各種方式哄騙我，這總是令我心歡喜。

查普曼護士一開始強烈反對我去那裡，她覺得我是一隻「百病纏身」的流浪貓，可能會帶來各種過敏反應，後來卻成了我最堅定的盟友。她先把我抱到幾名最虛弱的住民腿上，讓他們都享受到些許「療癒貓時間」，然後就宣布要吃午餐了。住民們一個個地從休息室往餐廳移動，很多人都用助行器，還有幾位需要有人幫忙推輪椅。我從窗戶看到有個女照護員沿著小路走去克里斯托弗的工作室，告訴他要吃午餐了。但她趕著往回走時，臉上浮現焦急的神情。

片刻之後，安養院的醫生快步跟著她走去。不久，有兩名照護員抬著擔架進去。過了不知多久他們才再次出現。克里斯托弗已經被放到他們所抬的擔架上。還有一塊布蓋在他臉上。

從克里斯托弗在畫上簽名的那一刻起，我便目睹了這件事無可避免的發展。很奇怪的是，我為他感到寬心。甚至是歡欣。毫無疑問，他是按照自己的意願告別此生的——不是虛弱和驚惶，而是完成了他最有意義，也是最非凡的工作。在他離開之前，並沒有經歷數週緩慢而痛苦的死亡過程，相反地，他所經歷的是一段既啟發人心，也令人著迷的「轉聖旅程」。在尊者善巧的指導下，他找到了往生極樂世界的道路。他甚至把這件事的證據留在了他的畫架上。

可是！我會想念這個奇怪的狂人，還有他的畫、音樂和喃喃說個不停的情話。我會想念我們在一起的時光。還有愛德華．李爾。

回家前，我想先回去他的工作室。

門是開著的，但裡面卻是陌生的寂靜。克里斯托弗的椅子被往後推成一個奇怪的角度，但沒有其他跡象顯示最近發生過什麼事。我坐下來，呼吸著熟悉的氣味，懷想這個曾經是在我的世界中我最喜歡的地方。

外面的小路上傳來腳步聲。我抬頭看到營建部經理德維先生。他是個身材矮胖的男人，穿著不合身的西裝，工頭克里什也陪著他一起來。

「尊者貓，請節哀！」德維先生用尊敬的語氣問候我。「我知道你和克里斯托弗是好朋友。對了……」他一臉嚴肅轉向克里什，「我答應奈杜先生，這房間一弄好，就會讓他拿來放帳簿資料。他的儲藏室快爆了。」

「好的，先生。」他的副手恭恭敬敬的。克里什身著牛仔褲和灰褐色襯衫，他的工作是指揮各種工人、管理員和其他助手，讓安養院保持井井有條。「先生，椅子可以放到陽台和餐廳。原本就是從那裡拿來的。」他看了看角落又補充道：「長凳、冰箱和水壺可以放到工作區。」

「顏料、畫筆和未使用的畫布，」德維先生命令道：「都交給職業治療組吧。」

克里什點點頭。

德維先生環顧室內一圈，顯然對事情解決得如此快速感到滿意。「這樣就只剩下畫作了。」

「要叫市立清潔隊來嗎？」克里什提議，他總是很想解決問題。

「這個得送去隔壁。」德維先生指向阿彌陀佛的肖像畫，很想顯出自己知道更多內幕似的。「老闆告訴我說這畫是尊者委託的。還有這一幅，」他掃視了整間工作室後，目光落在了卡羅琳的肖像上。「送去她辦公室，」他手指著這幅畫。「她會聯繫畫中這位女士。至於其他的嘛……」他環顧四周，對那些靠牆放著，或散落在椅凳旁的畫作，不抱希望的樣子。

「叫市立清潔隊來？」克里什又說了一次。

「嗯，」德維先生的表情模擬兩可。「要我說的話，我是會叫清潔隊。肯定要這樣啦！但可能也別太早採取行動。或許會有人跑出來說那其中有一兩幅畫是他的呢！他有產權還是什麼的。」

「先收起來？」克里什建議道。

「我覺得，一個月差不多夠了。有什麼地方可以塞得下？」

「可以放車庫，拖拉機後面，」克里什說：「那裡有一個架子。如果把這些畫疊起來，應該放得下。」

「你會用什麼東西把畫包起來吧？」德維先生想到可能會沾上油汙，便瞇起了眼睛。

「用垃圾袋包。」

「如果到了下個月都沒有人來認領……」

「那就叫清潔隊來收走。」克里什很果斷。

德維先生轉身要走。

「這裡什麼時候要整理好？」克里什問：「今天下午？」

「阿彌陀佛的畫得馬上送去隔壁。老闆會打電話給尊者辦公室讓他們知道。至於其他東西嘛……」德維先生左右晃了晃頭，「或許可以先存放個幾天以示尊重。阿克蘭先生很受其他住民和老闆喜愛。我們可別惹到他們。讓奈杜先生下週一前有新儲藏室可用，他就會很高興了。」

克里什點點頭。「那就週五下午吧。」他確認道。

他們離開時，我已經想像得到克里什的手下湧進來，收拾畫布，搬動椅子，把顏料和畫筆打包帶走。只需幾分鐘，這裡所有物品都會被搬到別處。然後，這工作室就不再是以前的工作室了，就只是個空房間而已。

克里斯托弗．阿克蘭的「壇城」將會完全消解。

來到「喜瑪拉雅．書．咖啡」，正是熱鬧忙亂的中午用餐時段，我爬上熟悉的雜誌架戰略位置。席德與瑟琳娜聯袂抵達，一起走向我這頭最後方的長椅，真是嚇了我一跳。雖說瑟琳娜幾乎天天進出咖啡館，但席德是稀客呀！他們的模樣多少透露出正在進行著什麼大事兒。

過了會兒，海蒂在前門現身，她查看著各桌客人好像在找誰似的，然後在長椅區張望，最後才找到了席德和瑟琳娜。

他們三人很快就開始深入對談。我想起戶外瑜伽課後，席德曾在無意中聽到了海蒂與陸鐸直白地交換意見。她對她們之間出現的鴻溝感到十分不安，而這個鴻溝似乎已經大到無法填補了。海蒂來到達蘭薩拉的目的是要幫陸鐸經營瑜伽學校，直到他必須放下這一切，而現在這個計畫一定是一團亂了。

我在猜席德可能是要提出建議，解決這個問題。他是個聰明的商人，同時也有外交官的能耐，若有人能應對這個挑戰，那就是席德無誤。但是傳到我耳內的談話片段，一直聽到的是「賓妮塔」還有她三個女兒的名字：熙瑪、蒂雅和妮霞。他們還提到了九重葛街一〇八號。

海蒂剛到時急切的神態緩和多了，隨著三人交談，她臉色也變得活潑起來。咖啡機旁的里卡多注意到海蒂來了，等處理完外面的排隊人龍，便走到他們那邊點飲料——縮短了通常由服務生來幫客人點餐的程序。他與海蒂對視許久。

然而，法郎到來後，其他事情就顯得不重要了。馬塞爾紅著眼眶，神情緊張，孤零零地跟在他身後。他走進咖啡廳後，逕自往樓上私人空間走去時，瞥見了瑟琳娜、席德和海蒂。他什麼也沒說，就倒在瑟琳娜身邊的長椅上。

「噢，法郎！」瑟琳娜轉身擁抱他。「我很難過。什麼時候的事？」

「昨晚，」他把臉靠在她肩上。接著又坐起身來，嘴唇因情緒而抖動著：「在睡夢中走的。」

「嗯，也算是幸運的，」她回答說：「至少你不必做艱難的決定。」

他點了點頭。

「法郎，很遺憾。」席德伸手抓了抓他的手臂。

海蒂一臉擔憂。

「我只是想要堅強一點，」法郎說。「有人說對中陰狀態的眾生而言，眼淚就像冰雹。我整個上午都在做冥想。」

「那是你能做的最好的事。」席德告訴他。

瑟琳娜撫摸著他的手臂，「沒錯，」她同意道，「繼續關注凱凱的安寧。」她把手伸到桌子底下安慰馬塞爾。

山姆見狀，便從書店台階走下來。他坐到席德身旁的長椅上，也表示哀悼之意。很明顯，法郎並不想逗留。他得到這麼多人同情，自己很努力要保持鎮定。他讓自己從桌旁站起身子時說：「今天早上我還是照常在她的碗裡倒了水和餅乾。」

「七個星期，」瑟琳娜點點頭。「我們做冥想時會記得她的。」

法郎站著時，餐桌周圍的大家紛紛表示同意。

「法郎，你看看我們能做點什麼？」

他上樓前轉身點了點頭，馬塞爾跟在他後面。

他走後，大家一陣沉默。接著海蒂一臉不解，輕聲問：「七個星期？」

「就是留在『中陰身』最長的時間，」席德解釋道：「中陰身是位在今生與來世之間的意識狀態。」

可是，她還是聽不明白，「我們死去時，這一生所經歷的最後一件事就是死亡的明光。這是身體和普通意識消融後剩下來的東西，是心念的一種非常微妙的狀態。那時，如果我們的反應是：『我怎麼了？』或者『我在哪裡？』那麼這些想法，這些從心念升起的任何業力所觸發的想法，便會造出一個新的『我』。那個初始的『我』便是以中陰身的形式出現的。」

瑟琳娜點點頭。「據說，因為習慣使然，中陰身的眾生可能會回到他熟悉的地方，比如老家、親人的身邊。出於這個考量，所以我們會盡量保持他們最喜歡的地方的原貌。因此，會留著寵物的碗，或把毯子放在他們特別喜歡的藏身處。有些佛教文化，甚至會為逝者擺飯桌，讓他們覺得安心、沒有被遺忘。」

我想到了克里斯托弗。如果他這輩子有什麼地方想要回去，那就是他的工作室了。但在短短幾天內，他深愛的避風港就會被一掃而空，人事全非。

「這和我們德國說的完全不同耶！」海蒂說。

瑟琳娜的手機響了。她從長椅上起身告退去外面講電話。

「我祖母去世後，有好幾個星期我會去她臥室裡待著。別人都說我很傻，祖母已經去了天堂。但我很肯定，我能感覺到她還在那裡。」

「中陰身的眾生，」山姆點點頭，「與我們相反。我們必須在身體上移動到某處，心念才會到那裡。但他們只需要用想的，就能夠去那裡。他們擁有的精微體是我們有時在做夢時才能體驗到的。」

「那一定很令人迷惘。」海蒂說。

山姆點點頭：「據說中陰時期是非常混亂又嘈雜的，我們也沒有肉身可以回歸。會被牽引到與我們有強烈業力連結的人那邊，可能是我們未來世的父母。但也有可能會被拉回到剛剛結束一生中的那些人和地方。來回拉扯著……」

「這就是為什麼，」席德插話道：「在中陰身，我們可以從前世所親近的人那裡得到相當多的幫助。如果他們做冥想，並提供舒適與平靜，」他歪著頭看向樓上，「中陰身的眾生便會受到影響而提升。就像我們覺得混亂受傷時，若有人能提醒我們什麼是有功德的，那麼在中陰狀態中，就像人生一樣，正面想法會帶來正面體驗。這是一個很重要的過渡時期，我們有這麼多不同的路徑可以走，這些想法有可能發揮力量引導我們走向更好的來世。」

海蒂看著通往樓梯的門：「所以，法郎現在就是在做這些事？」

兩人點了點頭。

「在寺院，」山姆告訴她，「比丘死後，他們通常會為他舉行特殊的儀式、誦經和法會，或淨化儀式。」

「葬禮呢？」海蒂問道。

他搖搖頭。「葬禮在佛教中並不是真正的重點。重點比較是放在死者的心念上。咒語和法會是也為了他們的利益才辦的。」

「在西方，」她搖著頭說：「一切都講求人的身體，以及仍在世的人所感受到的悲傷。佛教好像是相反的。講求的是死者本人的心念。因為他們仍然存在著，仍然需要照顧。」

「沒錯！」山姆附和道。

「而不是在說我有多難過。我有多失落。」

「這才對，」席德說：「因為我們還有自己的人生要過。我們還有家，有親人。我們不是踏上危險旅程的那個人。」

海蒂額頭上出現溝紋。「可是如果你不能冥想怎麼辦？你還能幫助中陰身的人嗎？」

「可以餵鳥，」席德點頭，「或者向其他眾生提供任何形式的供養，並將善行的功德獻給處於中陰身的眾生。」

「有道理，」海蒂點點頭，停下來思考著。「我可以了解為什麼佛教徒研究這個問題如此之深。每次計畫出國旅行時，比如來印度，準備越充分越好。死亡好像也是在做類似的事。」

「妳說對了，」山姆微笑，「如果準備得夠好，還能坐頭等艙呢！」

瑟琳娜拿著手機，回到桌旁，表情堅定而沉著。

「是我媽，」她邊說，邊滑入座位。「她在尊勝寺。丹增去廚房告訴她說克里斯托弗今天早上走了。」

餐桌旁的眾人吃了一驚。

席德把手伸向瑟琳娜。她握著他的手，神色有異，看著他說：「尊者要見你。」

「克里斯托弗的事？」他睜大了眼睛。

「好像是，」她神情詫異，搖著頭說：「雖然是早就預料到的事，但總覺得有點無法相信。就在幾天前，我們還坐在他腳邊，喝著香檳……」

那日下午，席德去見達賴喇嘛時，我就在窗台的老位置上。阿彌陀佛的肖像畫，就擱在畫架上，後方則有一整排盛開的金盞花，這幅畫的鮮紅色與後方豐盛的金綠色花卉形成強烈對比。席德到的時候，尊者就站在這幅畫的一側。他們互相頂拜完後便合掌，尊者看著席德說：「你聽說我們這位朋友的事了嗎？」

「是的，尊者。」席德有些壓抑。

「很了不起的藝術家，」尊者轉過身，此時兩人都看著畫，「他並沒有受過唐卡繪畫的訓練，不知道符號、尺寸。這些都給了他很大的創作自由。」

「他運用的手法取得卓越的成果。」席德表示讚賞。

「是的，」達賴喇嘛說：「很了不起，不是嗎？你看著畫時的感覺，」他把手按在心臟位置。「這是連結了無量光佛、無量壽佛啊！」

「您覺得他看到阿彌陀佛了嗎？」席德問。

尊者停下來思考這個問題。「考量他對空性的理解，以及他對上師、本尊的虔敬，那麼……」尊者點頭，「我想是的。開悟的心體驗非二元性的方法有很多種形式。」

席德看起來又驚又喜。

接著，達賴喇嘛說：「龐特夫人說你買了他一件畫作。」

「上週買的，」席德證實。「瑟琳娜告訴我《太初黎明》的事之後，我就到您二〇三號接待室看了。我真的好喜歡。這是我第一次認識克里斯托弗．阿克蘭這位畫家。後來他有來上旺波格西的課。」

尊者聽著席德說，他們一群學生去克里斯托弗的工作室拜訪他的事、他是怎麼畫出阿彌陀佛的，他一開始不願意公開尚未完成的畫作——以及一公開後，對在場所有人直接帶來的震撼。

他說完話後，達賴喇嘛簡單地告訴他一句話：「我希望你收下這幅畫。」

席德太驚訝了。「但這是您委託的！」

「是為了克里斯托弗。讓他有專注之處。」

「可是……這太不尋常了！」席德覺得很難理解達賴喇嘛怎麼能把它送出去。

「對，是不尋常。但我很多客人都是傳統的僧侶。在尊勝寺看到這樣非正統的作品，」他解釋道：「他們可能會覺得不安。我有責任維護我們傳承的慣例。」尊者向席德靠近了一步。「另外，這樣的畫也可能價值不菲。我不知道我們要把它放到哪裡好保護它。不過，」他握住了席德的手，「我想你很清楚這幅畫應該去哪？」

席德與達賴喇嘛對視，嚥了一下口水。「是的，我明白了。」他肯定地回答。

那一夜尊者工作到很晚，他審閱了奧利弗譯書的最終手稿。只有坐在書桌前的他，與窗台上的我。隨著夜色更濃，比丘居所的橙色窗一一轉暗，最後連寺裡的燈光也全熄滅了。尊勝寺廣場與所有建物都被施展了吸引我們貓族的黑白魔法，畢竟我們正是夜晚的生物。

我凝視這難得一見的景象，想起了這件不太可能發生的事：一天之內有兩位朋友去世了。此時此刻，他們的心念在何方？他們有何感受？

凱凱在中陰身期間得到了最好的支持。她安詳死去後，她最親愛的朋友都在虔誠冥想著，給了她希望，無論她過去種了什麼善因，她都能有最好的機會推動自己投生善處，無論會去哪裡。

另一方面，克里斯托弗去世時並沒有任何靈性上的加油或陪伴。不僅如此，若是他向熟悉的人事物尋求什麼保證，都可能只會令他沮喪而已。

但他需要嗎？或說他自己對修行的信心是否足以讓自己走在前往極樂世界的路上？他真的已經去了那裡了嗎？

我聽見從我身後傳來尊者把椅子往後推的聲音。一轉身便見他站起來，把疲憊的雙臂好好地伸展了一下，然後面向畫架上的阿彌陀佛肖像。然後，他把雙手放在胸前祈禱。他嘴脣顫動著，雖然我不知道他在說什麼，但我很清楚他在為誰祈禱。

還能有更吉祥的祝福嗎？

廣場的另一邊，可能是遠處一輛經過的汽車吧，傳來鋼琴琶音的漣漪，伴隨著男人的笑聲。短短幾秒，轉瞬即逝，才一出現便迅速消融化為沉寂。不知是音樂、歡笑，抑或是夜空中飄散的油彩，有那麼一瞬之間，銀色廣場不再冷清，而是成了幽靈幻境，伴隨著克里斯托弗那低沉而歡快的讀詩語調。

他們享用絞肉末，還有榅桲片，用的是大叉匙；

然後手牽手，沙灘邊緣走，憑著月光跳著舞，
月啊月，
他們憑著月光跳著舞。

第九章　最後的祈禱聚會

嶄新的開始帶來了一種巨輪轉動的感覺。我們所愛的人已繼續前行。無論他們不受禁錮的心會把他們帶去哪裡，現在都已經開始新的篇章了。

克里斯多弗和凱凱或許已經消失，但他們一點也沒有被遺忘。真要說的話，大家提起他們的頻率還比以往多更多。無論是在行政助理辦公室，或樓下廚房，或去「喜瑪拉雅．書．咖啡」的一路上，我聽到許多為了利益他們而做的善行，將功德迴向給他們，以推動其中陰身走向光明。

他們去世後每個星期，旺波格西班上那些曾去克里斯托弗工作室賞畫的一小群學生，加上咖啡館的法郎和其他人，都會在附近花園的雪松下聚會。那個地點一直是凱凱每天散步最喜歡去的地方，克里斯托弗也是。他們會在傍晚時分誦唸吉祥的咒語和詩句，直到夜幕降臨，然後點起蠟燭，為親愛的朋友祈求祝福和光明。

死後的每個第七天對中陰身眾生來說，是一個特別重要的里程碑。如果還沒有去投胎，就會從某種形式的中陰身過渡到另一種形式，在這個過程中還有積極改變的機會。如果惡報一開始是決定了死者會有比較辛苦的來生，但是因為還沒發生，那麼，在第七天所做的善業可以改變這一點。死後每隔七天都會有這樣的機會，直到第四十九天。

仁慈的行動，吉祥的儀式，最重要的是，我們這個小團體的每個人心中都是用這樣的愛擁抱著克里斯托弗和凱凱，這樣的對待看了真的很感動。而且很自然，也讓人大大地安心。親愛的讀者，我自己的時候到了的話，真希望也能得到同樣有愛的關注。

大家遵循中陰身過程的同時，在其他方面也有不同的轉變。其中有些與我身邊的人有關，尤其是與九重葛街一〇八號有關的人。有新的貨物送達。也有緊急會議在書店咖啡桌旁召開。

席德舊居究竟會變成什麼樣子，我仍然一無所知。毫無疑問，真相會在適當的時候揭露。然而，我確實知道，賓妮塔和她三個女兒的未來生活與此極為相關。她們來到達蘭薩拉時，我就全知道了。只是她們已經從在別人談話中提到的名字，變成活生生的人兒現身了。

瑟琳娜在貴賓廚房裡幫媽媽忙的時候，她說過她們四人是從新德里搭火車來達蘭薩拉。席德原本安排她們和一點點家當從新德里坐車過來，然而，賓妮塔對自己家道中落仍感到難堪，凡事都想要盡可能自己想辦法，所以便堅持要靠自己來達蘭薩拉。

到了約定那天下午，席德和司機便開了兩輛車把她們從火車站接到了九重葛街一〇八號。瑟琳娜告訴春喜太太說，賓妮塔一見到她們富麗堂皇的新家，情緒相當激動，她含淚對席德幫助她們擺脫貧困表示感激，但另一方面也因為讓女兒和自己這麼依賴別人而感到羞恥。二十一歲的雙胞胎妮霞和蒂雅很快就把這個新環境當作自己的家，上上下下地探索這座建築，吵著說誰應該睡哪間臥室，還想知道屋頂是否有露台。兩人一找出 Wi-Fi 密碼，就在陽台沙發上深深陷進了網路神遊的世界。

相較之下，二十三歲的熙瑪的反應則明顯不同。她似乎討厭這裡的一切：房子、媽媽，還有最討厭的是，席德。她悶悶不樂，什麼都不想做，聲音平淡，只用一兩個字答話，而且很快就把自己關在臥室，埋首書堆。

後來賓妮塔一家去席德家拜訪，也算是參加為她們舉辦的歡迎晚宴時，她告訴席德夫婦說，熙瑪特別難以接受家裡的變故。女孩們都在看電視——在她們住過貧民窟之後，看電視這件事本身就成了新鮮事——他們三人則坐在塔樓的樓頂空間，此處高度很夠，可以好好地觀賞外面的世界。

賓妮塔告訴他們夫婦倆，讓熙瑪崩潰的不僅僅是失去了優渥的生活和特權。她是阿爾罕的大女兒，也是他的掌上明珠，她絕不承認是爸爸自己搞到家裡破產的。更糟糕的是，她選擇繼續相信爸爸一直到臨終前都在到處傳揚的講法——他會破產只有一個原因：他以前的朋友席德背叛了他。

這也是賓妮塔自己最初所相信的說法，畢竟她沒有理由懷疑自己的丈夫。即使在他心臟病發作後，她們家的巨變已經嚴重到成為可怕的真相了，她仍然選擇忽略生意上的朋友和專業顧問所告訴她的話。有些人說得很保留，也有人比較挑明了說，那就是：阿爾罕對自己破產的講法，是只有他自己會相信的幻想而已。

他高估資產就像他低估債務那樣地嚇人；他誇大了新創投的商業利益，卻對風險不屑一顧。所有這一切都是要塑造他自己是一個成功商業大亨的形象。這樣的想法最終證明是極為有害的。

「你只是不想相信，你交付一生的人，你所愛的、你所信任的那個人，會對你說這麼多謊話。一次又一次。一遍又一遍，」賓妮塔告訴瑟琳娜和席德，「有時候我真的不知道——他相信自己說的謊嗎？他是不是有什麼心理問題，才變得比較不可靠了？」

並不是說撒這樣的謊會對最後的結果有任何影響。最終，這家人仍然失去了一切。而賓妮塔也不再天真地相信已故丈夫。她只希望熙瑪也能接受真相，繼續往前走。

接下來數週還有更多片段瑣事。

賓妮塔和海蒂是如何認識的——那似乎是一次意義重大的相遇，進展也很順利。她們一起去試穿特別的小禮服。熙瑪偶遇在校時的閨蜜，現在是德里的執業律師了。這位朋友還以為熙瑪很清楚她爸爸有多麼表裡不一，瞭若指掌地說起目前有十幾起針對阿爾罕所提出的訴訟，同時也向熙瑪表示誠摯的同情。

先前聽了這麼多關於新來人們的種種，我真想知道自己何時可以見到她們呢。結果，第一次是遠遠地看見。四名印度婦女，穿著看起來像醫護用的長袍，在九重葛街一〇八號敞開的大門進進出出的。還不能釐清新來的這家人與這些事情有何關聯，但真想知道那裡都在進行些什麼事。

日常事件潮起潮落，我們世界裡的某一章快要結束前，下一章的輪廓就很清晰了，而其他的事也在變化之中。有些事情是在計畫之外的、意想不到的、無法預料的，也就是說，除非你剛好是個占星家，否則誰能知道呢！

某日下午，正當我在品嘗永遠貼心的庫沙里為我送來的今日美味特餐時，我發現客人當中出現一位名流。他不是寶萊塢那種賣弄型的，不像那種偶爾會帶著大批奉承的跟班在本咖啡館衝進衝出的。他不是，他是較為迷人有趣那型。他會在沒有引起任何注意的情況下溜進餐廳，但他對行星相位及其含義的深刻理解，已寫成好幾本暢銷書了。他是那種不為一般大眾所知，但追捧他的人卻都是世界上一些最有權有勢的人物。

親愛的讀者，身為一隻生性謹慎的貓，我不可能明白告訴您他是誰。我只能說，他的名字有可能會讓人想起一大堆樹。他的眼睛亮晶晶，白髮白鬍鬚，看起來就如你想像的那樣具有魔法天賦。還有，他是演化占星學的先驅之一。

他就是為所有好萊塢名人占卜那一位。對——就是他！

法郎、山姆和席德正在書店的咖啡桌旁開會。山姆好有幾次偷瞄這位占星家正在書店的書架間瀏覽，還仔細搜尋著一旁的社區布告欄。

會就要開完了，山姆喜不自勝。他走近那名男子，問他是否就是他以為的那個人。占星師點頭表示沒錯。山姆說他是忠實粉絲，並與他握手，又問他是否介意在書店裡現有的書上頭簽名——這個請求得到了訪客同意。

山姆很熱情地把他介紹給「喜瑪拉雅．書．咖啡」的老闆和喜馬偕爾邦大君，說他是「佛教徒，也是演化占星學的先驅」。很快地，他們四人都坐了下來，服務生把他們點的餐交給娜塔莉亞和里卡多。

「演化占星學？」法郎針對山姆對這位客人的介紹問道：「這和普通的占星師有什麼不同嗎？」

「你可能會覺得演化占星學很像心理占星術，」客人眼鏡後面的雙眼炯炯有神。「所有占星家都同意，性格和際遇會反映在星盤中，對吧？」

其他人都點頭。

「那好，如果你接受來生這個概念，那我們的個性和際遇是根源於前世就有道理了。如果是這樣，星盤是什麼？我會說星盤是一張地圖，它顯示出推動我們進入今生的各種業力。我們出生時的星座配置中有一些線索，可以找出我們要處理的主要業力的影響——這就是百千萬劫以來我們是誰、我們前世做過什麼事情的結果。」

桌邊眾人都屏氣凝神。我必然受到了這奧妙的源頭所吸引，所以沒多久，便爬上幾步台階來到書店區，並跳上了席德和法郎中間的沙發。若說我的出現有嚇到這位客人，那他也沒有表現出來。相反地，他對於貓族的存在，似乎也很自在。

「佛教和占星術經常讓我覺得奇怪，」法郎說：「佛教觀點說，是我們創造了自己的實相，這與宿命論之間好像一直都有矛盾；無論你做什麼，必須經歷某些事就是你的命運。」

「啊，對啊，」客人笑著說：「占星宿命論。我的方法不是這樣的。我認為占星術比較像是天氣預報，可以幫助我們做決定。當然我們每一個人都是透過所做的選擇形塑了我們的實相。我特別感興趣的是，星盤透露出我們在業力上的禮物與創傷，我們帶了什麼東西來到這一生。」

「意識透過生生世世在進化這種想法，」山姆同意道：「似乎比算命有趣多了。」

法郎一直在撫摸我，我的呼嚕嚕聲也變得更宏亮以示讚賞。他看著我，然後接著問：

「那寵物呢？他們也有星盤嗎？」

「當然囉，」客人的眼睛也隨法郎看向我，「他們就像我們一樣，是有意識的。他們前一世有可能是人類。」

親愛的讀者，的確沒錯。瑜伽士塔欽曾經對紗若和我透露過我這一生的真相。

「演化占星學是您發現的嗎？」山姆問。

客人搖搖頭。「我們很多人都有類似想法。我們使用不同的字眼，但說的是相同的語言。這個領域廣納各方觀點。如你所料，我們大約都是在同一時間得到了認可！」

「靈魂的旅遊地圖？」席德第一次開口。

「可以這樣說，」客人表示同意。「而無論你用的是『靈魂』或『心念』、『神』或『法身』，這些都不是重點。即使有人不相信來世原本就是事實，即使他寧可把來世當作一個隱喻，那就這樣也沒關係。」

「演化占星學，」法郎問道：「有沒有預測的部分？」

「絕對有的！」客人大聲說道，此時娜塔莉亞送來飲料。「星盤本身可以預測我們將面臨的挑戰，以及我們回應挑戰所需要的資源，還會有關於時機點的許多明確建議。行運和合相可以指出在某方面有機會，或另一方面有危險。我唯一會一講再講的是……」他把咖啡杯舉到唇邊，「占星術所講的是符號、圖像和隱喻。而不是字面上的論據。」

對話持續繞著，演化占星學支持著我們的內在旅程。他們也談西方占星術，以及在喜馬拉雅山地區和中國所使用的占星術。還有一個簡單卻很有亮點的概念是，女性和月亮週期之間的一致性，有可能是外在與內在、行星和自我之間連結的起點，這一點可以追溯回遠古時代。

咖啡都喝完了，大家也一直在變換身體姿勢，聚會似乎已近尾聲。是法郎隨口問的一個問題為此事帶來重大變化。「那，你為什麼會來麥羅甘吉呢？」

這個問題的答案通常是「因為達賴喇嘛」或來參加藏傳佛教的某種聚會。但今天的客人回答說：「與其說是『為什麼』，還不如說是『為了誰』。」

見大夥都一頭霧水，他又說：「我本來在德里開會，後來發現還有幾天有空。所以就決定來達蘭薩拉試試大海撈針。你們知道的，我做了一些占星學上的研究，很希望能找到一個人。」

「找到了嗎？」

他搖搖頭。「希望不大。他甚至可能已經過世了。如果還活著，年紀也很大了。我已經找過達蘭薩拉山下所有他最可能去的地方，可是沒有人認識他。」

「能說說他的名字嗎？」席德問。

「可以啊，」客人看著他的眼睛。「克里斯托弗·阿克蘭。」

「是畫家？」席德太驚訝了——法郎和山姆也一樣。但最驚訝的是這位占星家。他滿臉不可置信。「你認識他？」他的眼睛閃著光。

「克里斯托弗一個多月前去世了。」法郎輕輕說道。

客人往後倒向椅背，有些錯愕。

法郎若有所思，轉向坐在對面沙發上的席德。「你怎麼想？我們不算真的認識他吧?!還不夠認識。」

「大約兩個月前我們第一次見面時，他就已經病得很重了，」席德告訴這位客人，「他來聽了我們尊勝寺喇嘛旺波格西的課，」他指了指寺院方向。「所以我們才認識了這位傑出的畫家。」

「還有他的畫，記得嗎？」山姆提示道：「《太初黎明》。」

「對，沒錯！」席德說。「他送給尊者一幅畫。用很棒的視覺效果表達出一種喜樂的冥想狀態。那是在他來上課之前的事，所以我們在認識他之前就對他有點了解了。」

「他後來必須靠氧氣管，」山姆指了指他的鼻子。

「很可憐。」法郎說。

「他問了關於死亡的問題，在課堂上引起了相當大的迴響，」席德對山姆和法郎笑了笑。客人點點頭，很希望他還原當時場景。

「我並沒有覺醒到涅槃或開悟的程度，」席德轉述克里斯托弗說過的話。「但我不想帶著那麼多心碎和痛苦的記憶，在輪迴中反覆投生。有沒有第三種選擇？」

「喇嘛是怎麼回答的？」客人問。

「極樂世界。阿彌陀佛的淨土。是我們這些有愚癡、有業力的人也能感知得到的實相。

是一個我們可以繼續靈性旅程的地方。」

「就在來上課前幾天，尊者還委託他畫一幅阿彌陀佛的肖像。」山姆輕輕笑道。

大家沉默了一會兒，然後席德繼續說：「那天晚上下課後，我們幾個人和克里斯托弗一起等安養院的車來接他。你們不覺得嗎？他有某種……魅力？」他的目光從法郎轉向山姆。

「對，」法郎點頭。「你會在具備某種智慧的人身上看到這種魅力。真正言行一致的人。」

「第二天我們去他的工作室找他，」山姆急切地想繼續說下去，「他告訴我們他的故事，說他年輕時成了有名的畫家，卻承受不了害怕失敗的恐懼。於是，他放棄一切，浪跡各國。直到他得了絕症，因為真的很愛畫畫，這才又重新開始。他認為這幅畫是他最好的作品。」

客人的眼睛閃閃發光。山姆已經證實了他所猜想的事。

「他沒有錢，」山姆說，「直到這兩位慷慨的紳士出現。」

「我很高興買下他的畫。」席德說。

「我也是。」法郎的想法也一樣。

「你們有克里斯托弗．阿克蘭的畫作？」占星師興奮地問。

「在那邊。」法郎指了指咖啡機旁邊那面牆，《杜鵑花》這幅畫已經裝框掛起來了。

客人轉過身，看了好半晌，才搖著頭說：「太棒了！」

「為什麼你會對克里斯托弗有興趣?」席德問。

客人看了看在場眾人,好像是在思考著該從何說起:「在我告訴你們克里斯托弗的事之前,讓我先說說梵谷的星盤。他是歷史上最著名,也最有影響力的藝術家之一。他活著的時候,人們都覺得他是個瘋子,也是個失敗者。儘管他創作了數千幅畫作,但他只能賣掉一幅。經過多年的憂鬱和貧困,他於一八九〇年七月自殺,享年三十七歲。

「幾乎整整一個世紀後,一九九〇年五月十五日,他的畫作《嘉舍醫師的畫像》在拍賣會上以八千兩百萬美元的價格售出,是當時有史以來賣出最高金額的一幅畫作。我第一次聽到這個故事後,我想從占星術的角度思考可憐的梵谷到底發生了什麼事。然後我開始推測,過了一百年後,他的星盤或許能指出,在他死後過了一個世紀會發生此重大事件。

「我開始研究他星盤的細節,」他眼睛裡有光,「我所發現的事情嚇了我一大跳。月亮、南交點,以及射手座木星和第六宮木星發生了三次合相。而且,在他的畫打破所有紀錄的那天,木星正在行進,並與他的太陽形成一個四分相。還有其他合相。這些都指出了正在發生的驚人事件。」

「我們死後,星盤仍然有效!」法郎叫道。

占星師點點頭,「可以預測個人的影響力。」

「就像機器中的幽靈。」席德低聲說。

「那你研究過克里斯托弗的嗎？」山姆切入正題，他傾身向前，席德與法郎也一樣。

「我再用其他一些在晚年或死後才意外出名的人確認了這種情形後，」客人笑著說：「我問自己：『還有哪些尚未成名的藝術家？從他們的星盤，可能預測出他們會成名嗎？』

「我從早年受肯定，但由於某種緣故而消失的藝術家開始找起。早年曾經獲獎無數、參展無數，後來卻銷聲匿跡的藝術家。星盤在幾十年後會顯示出特別驚人的運行或合相的藝術家。

「我看了好幾百個星盤，克里斯托弗的星盤是少數幾個脫穎而出的。他的星座排列太引人注目了，你不會錯過的。我花了相當多時間研究。

「等到我確認後，便試著從英國開始追蹤他。線索不是太多。應該只是巧合啦，我偶然發現他在達蘭薩拉某個地方。」

客人往後靠在座位上，低頭看著桌子。「很遺憾沒能見他一面。我想告訴他，他的星盤是很看好的。會有越來越多人肯定他的。」

「很棒的觀點！」席德驚歎。

「從來沒聽說過這樣的事，」法郎同意道。「不過，一講到有些人死後名聲是如何大逆轉，這還是有些道理的。」

「也解釋了達賴喇嘛曾說過的話，」席德若有所思。「但當時我不明白。」

「繼續說。」占星家說。

「尊者委託克里斯托弗畫阿彌陀佛。我認為，最重要的是要在克里斯托弗最後的日子引導他的思惟。以阿彌陀佛的功德、境界，幫助他達到『非二元性』的境界。克里斯托弗去世後，達賴喇嘛要我帶走這幅畫。他擔心這個主題用印象派的作法來處理，而他的客人多半是保守派的，很可能會有誤解。他似乎也在暗示……」席德壓低了聲音，「尊勝寺並非放置如此珍貴畫作的地方。雖然這個藝術品很莊嚴，但我從沒想過它在金錢上會具有特別高的價值。」

「或許，」客人說，「還沒有。」他直勾勾地輪流看著席德和法郎，問道：「你們是唯一獲得克里斯托弗．阿克蘭畫作的人，這樣講是否正確？」

「還有我，」山姆自告奮勇，「他給了我和我未婚妻一幅畫。結婚禮物。」

「當作禮物！」占星師一臉關切地看了他一眼，問道：「你知不知道他有沒有留下其他畫作準備出售？」

席德搖搖頭。「他的工作室在他死後就被移除了。瑪莉安．龐特一直有空間不夠用的壓力。我聽說他留下的所有畫作都會被當作垃圾處理掉。」

占星師翻了個大白眼。

「如果你想要知道的話，我們可以幫你問問看，」法郎說：「安養院沿著這條大路走下去就到了。」

「我想知道的是，」山姆盯著客人，「克里斯托弗的星盤魔法何時會發生？我們在講的是幾年後還是幾十年後的事？」

「又或者像梵谷那樣，要一百年後？」

客人眼睛一亮。然後，他神情嚴肅地說：「不巧，」他低聲說：「就在幾天之內。」

三個人全都驚呆了。

「現在，行星正朝著克里斯托弗星盤中最棒的方位邁進。這樣的行星合相非常罕見、非常吉祥。究竟會如何發揮力量，這我說不準。我們只有符號、圖像、隱喻。」客人冷靜地點頭。「我所知道的是，無論要發生的是什麼事，都會是大事。」

幾週後，已近傍晚時分。我從行政助理辦公室的文件櫃高層，看著丹增準備離開。他老是遵循同樣的程序，有條不紊地清理辦公桌，鎖上抽屜，關掉電腦。

對面的奧利弗正全心研究在喜馬拉雅山山洞中發現的罕見藏文典籍，那是當天早上有人帶到尊勝寺來的。是一部之前不為人知的經典原版，顯然正是第一世班禪喇嘛羅桑卻吉堅贊（Lobsang Chokyi Gyaltsan）所寫的。

「好囉，我走囉。」丹增從桌子上拿起他的小背包。

奧利弗抬起頭，「晚上會在家嗎？」

丹津點點頭。「先去隔壁，」他指著有雪松的花園方向，「克里斯托弗和凱凱的第四十九天。」

「噢，是嗎？」奧利弗看了一眼手錶。「那我不會太晚到噢。」

親愛的讀者，他不會。我也不會。

暮光中的聚會有一種與眾不同的特質。簡短，不超過二十分鐘。專注，以克里斯托弗和凱凱為主要專注對象，同時有咒語和特殊經文唸誦。來參加的人和他們來時的意識狀態讓這段時間不同於一般。每週一次的意識融合——親密的朋友與相對陌生的人、經驗豐富的冥想者與從未唸過梵語的人。他們每個人都對可能仍在中陰身的眾生提供支持。

法郎和瑟琳娜坐在長凳上帶領唱誦，其他人則坐在草坪或折疊椅，或站在後方。他們先唸誦宗喀巴大師冥想練習的經文——皈依、菩提心和七支供。接著，他們低聲唸誦咒語，尤其是阿彌陀佛咒語——嗡阿彌德瓦捨。

達賴喇嘛說，集中注意力的最佳時間是白日與黑夜交接之時——黎明和黃昏。在此特殊儀式中，所聚集的意識是從未感覺過地如此協調一致，也是從未如此強烈地聚焦於冥想對象之上。是因為這是最後一次聚會嗎？第四十九天，所以特別重要？

根據教義，到了第四十九天，任何處於中陰身的眾生都一定會去投胎。無論過程是平靜或痛苦，也無論從一種中陰身到另一種中陰身轉變了多少次，所有人到了第七週的第七天，中陰身就會結束。一個全新體驗的舞台也已經準備好了。

嶄新的開始帶來了一種巨輪轉動的感覺。我們所愛的人已繼續前行。無論他們不受禁錮的心會把他們帶去哪裡，現在都已經開始新的篇章了。這是給那些還在世的人的一個信號。不再需要把他們的衣物留存在衣櫥，已故朋友的紀念品，或其他擺放的熟悉物件——至少，不用為了他們而留下來。寵物籃和碗碟可以好好地送走。我們所愛的人已踏上了不同的旅程。我們也該這樣做了。

於是，有一種告別的感覺。感恩曾經共享的生命，感恩留下來的人相互扶持。也許這就是為什麼越來越多人比起以往，更受這種最終的祈禱聚會吸引。我從法郎和瑟琳娜中間的長凳上望過去，看到越來越多人從街上爬台階走上花園，山姆和布蘭妮分派著點燃的小蠟燭。一個又一個來參加的人，讓雪松下聚集的人潮越來越多，越來越緊密。

安養院的工作人員是克里斯托弗的長期支持者。陸鐸領著「下犬瑜伽學校」的許多學員，以及多年來與凱凱熟識的咖啡館常客。尊勝寺的僧侶，當然還有丹增和奧利弗。那位神奇的占星家聽到了這場儀式的風聲，也前來給予支持。一起唸誦的人數量比之前更多，音量也更加響亮。高昂的梵語合誦遠遠超出祝福的祈願；重複的吟唱聲產生了一種明確的能量——一種冒出的火花已成烈焰，變成能明顯感覺得到的能量。

正確地激發出的神聖語言能量，具有從內在產生巨大轉變的力量，提升、增加、跨越意識的全部向度。從聚會者閃閃發光的眼睛和喃喃唸誦的嘴脣，我知道他們全都感受到了。在內心深處某個地方點燃而沸騰著，很快就帶著顫抖的效果衝上脊椎。電流不是變多，而是倍數成長為一種全身通電的感覺。在咒語不斷重複地整個過程中，有如渦輪機不停轉動，能量的串聯越來越廣，越來越遠。

正如瑜伽士塔欽所揭示，若我們記得這種感覺不是從古老梵文或燭光魔法中產生，而是由自己的心念本身產生的，那麼，就能以其最純粹、最自由的形式感受到當下的全然喜樂。我們的心念使我們有能力感受到這一點，功德是：無可名狀的幸福的真正源頭。

在最後幾分鐘，每個人都在大聲唸誦阿彌陀佛咒語時，我看見他就站在台階上，身旁有兩名保鏢。

須臾，法郎和瑟琳娜也注意到了他。

尊者舉起手，示意他們應該繼續，當作他不在就好——他們照做了。但是某種東西已然傳達出來了，因為雪松樹周圍的人們不時投來偷瞧一眼的目光，還有神祕微笑，大家都知道他來了，也知道這件事情的重要性。若時間有光，那一刻的光輝是更加耀眼的。

眾人離去時花了一會兒時間，大家在悄無聲息的驚歎中離開。我好想繼續安住在這喜樂的狀態，於是隱身在花壇裡，等候眾人先行離開。

所有人都走了之後，唯有一人仍在逗留，顯然並不急於離去。海蒂慢慢從她坐的地方起身，然後捲起瑜伽墊。毫無疑問，她和我一樣，也想停留在她所感受到的感覺中，繼續享受今晚特別的儀式所喚起的喜樂能量。

直到她走向台階時，我倆才警覺到人行道上有什麼動靜。是陸鐸。

他獨自一人，顯然一直在等她。她看著他走上台階，遠遠地就停下腳步。「我親愛的海蒂，我要向妳道歉。」他的臉色很懊悔。

自從爭執過後，有好幾個星期，他們就像在黑夜裡航行的船隻一般，海蒂是這樣告訴席德和瑟琳娜的。海蒂繼續帶領瑜伽教室分配給她的課。陸鐸也繼續上他的。除了慣常的打招呼之外，他們彼此之間都沒有說話。

在海蒂的允許下，席德說他會和陸鐸談談。此外，他也需要跟他把九重葛街一〇八號的事講清楚。

「我說了不該說的話……真是不可原諒。」陸鐸的聲音很凝重，「很對不起。」

海蒂好半晌才反應過來。她弄清楚了之後說：「叔叔，謝謝您。不過，您對我說的話，只不過是您所相信的，是您的信念。」

「對，」陸鐸低下頭來。「但在主張我們自己的信念時，沒有必要詆毀他人的信念。我現在理解妳的觀點，也接受妳有自己的觀點。」

「就像我也接受你有自己的觀點一樣，」海蒂說，「渴望徹底練好瑜伽的人會走的路。這令我讚歎不已。我只是覺得並非每個人這輩子都能做到，或許連我都做不到。」

「妳很有慈悲心，海蒂，」他走近了一步，「妳的心比我的心寬大。」他的聲音因為有別於平常的激動情緒而沙啞了。

「噢，叔叔！」她走過去，抱住了他。

兩人抱了一會兒，他走向一側，並握住她的雙手，「席德告訴我他的新事業了。」

她點點頭。

「聽起來滿適合妳的。」

「我還是可以接瑜伽教室的課啊！」她看著他的眼睛說。

「這樣就太好了，」他說：「就看妳的課表能接多少就好了。」

「我知道這件事並沒有按照您想要的方向走。」

「是我們原先都想要的方向，」他回答說：「但是，所有瑜伽士都教我們要怎麼做！」

黑暗中，他說了他在課堂上經常講的一句話：「全力以赴，然後──放下！」

「放下，」她笑著說。她停頓了一下又說：「這一點是我們都同意的噢！」

「除此之外，」他挽起她的手臂，「來吧。我家烤箱裡有焗烤千層茄子呢。一起享用吧！」

第十章　須摩提水療中心開幕

瑜伽士塔欽：「如果能一步一步地改變思惟方式，尤其是放下我執心，那我們的實相也會改變。無論在哪裡，都可創造極樂世界。」

「在戶外草坪做瑜伽伸展，滋養您的身體。」坐在辦公桌前的丹增正大聲唸出當天收到的奶油色厚厚的邀請卡，「讓我們的專業美容師，以五星級呵護款待您。」他看向坐在他對面的奧利弗，手裡也有張一模一樣的卡片。「這個邀請？」兩人目光交接時，他愉快地問道。

「對。」那天早上騎單車上班的奧利弗臉上還紅通通的，他在座位上換了個姿勢。「我覺得我倆之中要有一個人去，這樣對席德和瑟琳娜比較好。」

「用西瓜和小黃瓜做的精華液……」丹增又挑了一句，並用好玩的語氣唸出來，「我知道你為什麼要去了。」

「當然是因為，」奧利弗插嘴道。「比較多是因為瑜伽的部分啦……也是表示我們有在支持啦！」

「尊者會堅定支持的！」丹增笑著說：「而且明天你回來時，會回春到我們都認不出你來囉！」

「如果你一定得笑，那就笑吧。」奧利弗搖頭微笑，「我知道你真的很想去，但你就是不承認。」

丹增靠在椅背上休息，眼中露出淘氣的神色看著同事。「我親愛的奧利弗，」他說：「我的健康美容保養是晚間散步，然後淋浴。但我同意，『支持我們的朋友』這件事很棒。

如果你願意讓自己承受所有這些乳液和精華液的話……」

「那我就告訴他們說你不要，」奧利弗說：「很遺憾，但是丹增不要。」

「而且，我做完五星級呵護回來後，」奧利弗又笑著說：「你一定會後悔的。」

不知過了多久，樓下傳來了春喜太太抑揚頓挫的聲音在廚房裡迴盪。她和瑟琳娜剛外出回來，她們為了隔天的貴賓宴會去採購了雜貨和新鮮蔬果。秋葵、綠番茄和其他我不熟悉的物品都妥貼地存放好。我揣想著明天來拜會尊者的外國訪客會是誰呢？

「噢，小寶貝！史上最美生物！」春喜太太一把將我抱進懷裡，然後放到櫃檯上，再端來一大份雙倍濃郁的奶油醬。「聽說妳和瑞希做了朋友，我好高興吶。」

「真令人鬆了一口氣。」瑟琳娜在廚房另一頭整理冰箱深處的物品，然後站起身來。「而且這到底是怎麼一回事，還真是個謎呢！」

春喜太太摸摸我，而我則津津有味舔著奶油醬。

「瑞希這孩子怎能抗拒她這樣的存在。妳看看她，有多和氣、多溫柔啊！」

要不是我面前還有小半碟奶油醬沒吃完，我真的會用嚴厲斥責的眼神盯著春喜太太了。和氣又溫柔?!這可不是我讓小瑞希愛上我的理由——而且恰恰相反——說我「厲害」和「忍者」才比較貼切吧？

瑟琳娜正準備用濾壓壺泡咖啡，而春喜太太則在檢查她手機上的清單，這時有人來敲門。是席德。

「我猜或許可以在這裡找到妳們，」他走進來時說道：「我剛去找瑪麗安．龐特。」他指了指附近安養院的方向。

「然後呢？」瑟琳娜感覺到了他身上不尋常的能量。

「他們還保留著克里斯托弗的畫作！」他說，然後臉上露出難過的表情，「嗯，大多數都還在。」

三人坐在廚房長椅上喝著咖啡時，席德便說起，他是如何將那位占星家帶到安養院，他們之前就安排好盡早見到瑪麗安。才一走到門口，就看到了令他們不寒而慄的景象——大約有三十幅抽象風格的畫，在車道上排成一列，用各種路邊石頭壓住。兩名身穿工作服的工人揮舞著沾滿白色塗料的滾筒。在德維先生命令下，在每張畫布塗上厚厚一層光滑的表面，使它們變得像新的一樣，就可以用在安養院的藝術修復計畫中了。大約有十幅畫布已經這樣處理過了。

席德和同行的客人先是要求他們馬上停止，也詢問了德維先生。不久，他們進到瑪麗安的辦公室，德維先生解釋說因為他靈機一動，想說可以省錢，所以就想要重複使用這些廢棄的畫布，而不是送去垃圾掩埋場。

在這一點上，席德表現出大君帶有的威嚴和神祕，透露了他這位同伴的職業。瑪麗安和德維先生雖常有各種專家來訪，但這樣一位專研神祕學的人還是相當少見的。占星家重述了梵谷的故事，並把他與克里斯托弗．阿克蘭的相似之處做了類比，還提及星盤與個人傳奇一生有關的假設說法。

但是，那該怎麼辦？對於經理人來說，他做決策完全要有證據作為基礎的，而占星術的預測是一件令人費解的事。瑪麗安．龐特的臉上滿是狐疑。德維先生對於自己下令把克里斯托弗的畫刷白一事似乎有點擔憂，但礙於他老闆的態度，他並不打算表現出擔憂的模樣。合相和行星排列的事也說了。這位美國客人表達了他的期望，但他的熱情並非所有人都有共鳴。

這事引起大家討論畫布目前的狀況。對安養院來說真的沒有價值嗎？如果沒有，這意思是可以賣掉？如果它們的價值不超過原來材料的錢，那麼安養院是否願意用它們來交換，比如說，三十幅全新的畫布？

討論的過程中，觸發了瑪麗安的記憶。她特別回憶起與克里斯托弗最後一次談話——我當時也在。她一直想辦法讓他別總提欠錢的事，而是鼓勵他去想像一下，如果他的畫值一大筆錢，會是什麼樣子的。他又是怎麼談到了可以做慈善的。更具體地說——她微笑著回憶這些事——就是「波西米亞老年藝術家基金會」。

此時，席德提出了一個解決辦法。先不要那麼快去粉刷畫作，何不保留這些畫作一個月看看？如果屆時克里斯托弗在藝術界的地位仍然沒有任何明確的變化，再來執行德維先生節省預算的計畫。另一方面，如果有什麼重大突破，瑪麗安可以擔任「波西米亞老年藝術家基金會」的資產託管人。

「我想這樣做也不會有什麼壞處，」瑪麗安不得不承認，「但要擔任託管人，創辦基金會，這些事我可沒做過。」

席德向她保證，他對這些事情很有經驗，也很樂意提供幫助。

他們達成協議後，一會兒便離去。畫布已從車道上移開，仔細除塵，並放置在室內文具用品櫃的寶貴層架空間裡。這些作品已挪出車庫，往前邁出意義重大的一步了。

席德和占星家離開時總算是如願以償了。雖然克里斯托弗・阿克蘭的十幅原創作品的確已與後世無緣，但還是有救下二十幅。根據占星家所說，最初那十幅或許救得回來，他讀過一些案例，剝除後來上的塗料後，是可以露出大師原來的傑作。

最棒的是他二人共有的希望——現在席德也把這個希望傳達給了瑟琳娜和春喜太太。

「我們這位令人尊敬的客人說，」席德轉述說，「這是何等的機緣啊！在他努力想找到克里斯托弗・阿克蘭那一天，他竟會走進那家咖啡館，見到山姆、法郎和我？」

「波西米亞人的聖地！」春喜太太的眼皮如夢似幻地顫動起來，「好想在我年紀大了之後去住那裡。我們會穿著長袍，在游泳池邊演奏音樂，也會跳舞。」

瑟琳娜表情古怪地看著她。「媽媽，加油！」她說。

席德的表情越顯誠摯，「真像是個奇蹟，」他點點頭，「但如果這是克里斯托弗的原意，如果這是他的業力，誰說是不可能的呢？」

同一天，海蒂來到「喜馬拉雅．書．咖啡」時，我正在雜誌架高層呈大字型趴著，她身邊有位印度女子，我立刻猜想她一定是賓妮塔。身材高挑，四十多歲，五官精緻，棕色大眼睛同時流露出的感性與智慧。她穿著一件醒目的琥珀色紗麗，髮型盤成一個優雅的髮髻，但特別吸睛的是她的舉手投足，有一種難以形容的自在風度，她似乎期望從周圍的人那裡得到最好的。

走在她前方的是金髮碧眼的海蒂，她穿著白色牛仔褲和粉紅色的低圓領上衣，領頭走向咖啡館後方的長椅區——那裡最安靜，也離我最近。她倆面對面坐了下來。

賓妮塔看著海蒂的眼睛。「好多了。」她說。

「那些吸塵器噢，」海蒂把手指頭塞進耳朵裡，「不過，我們明天一定要讓地板閃閃發光。」

「一定可以的，」賓妮塔沉著地點點頭。

兩人拿起手機，開始瀏覽所有最後待辦事項的清單，然後討論開幕當日的特定時間表。賓妮塔以前曾經管理過大豪宅還有員工，自然不受這些許多需要一再確認的實際問題困擾。海蒂在帶領各種不同課程方面經驗豐富，她清楚知道，課程要怎麼設計才能盡量吸引人們參加。她們倆，儘管各自相異，卻也成了高度互補的搭檔——她們也發現的確是那樣。

過了一會兒，里卡多跑來為她們點餐。穿著細條紋圍裙的他溫文爾雅，也不急著回到咖啡機旁，倒是問了海蒂一些開幕當天的事情。

直到庫沙里出現，他才急忙告退。「這裡就讓我來接手吧。」領班說道，接著把注意力放在賓妮塔身上。「女士，這是您第一次來嗎？」他想知道，然後兩人很快就聊到他們都是喜馬偕爾邦大君很要好的朋友。這是我從未見過的庫沙里，雖然一如既往的體貼，但他此番對待賓妮塔那麼多禮，似乎還摻雜了某種興趣。

「我可以推薦用草莓馬卡龍來搭配您點的咖啡嗎？」庫沙里說，「這是全印度最細緻、最精美的甜點——我們家主廚吉美和阿旺．德拉帕都讚不絕口。」

庫沙里走後，海蒂看著賓妮塔說：「他在撩妳耶！」

「沒有啦！」賓妮塔抗議著，儘管眼中閃著亮光。

「噢，是真的啦！」海蒂輕輕說笑，「草莓馬卡龍，」她模仿他說的話：「是全印度最細緻、最精美的甜點，大家都稱讚！」

賓妮塔哼了一聲，低頭看了一眼桌子，老練沉著的姿態完全消失，換上了一副頑皮的模樣。「弄咖啡那個啊……」她朝咖啡機那邊看了看。

「里卡多？」

「就剛剛那個，」她確認，「他剛剛在撩妳耶！」

「我知道。」海蒂說，接著講起她有一次和娜塔莉亞談話談得好尷尬，因為談到後來完全變調。

「他長得很好看。」賓妮塔偷偷朝里卡多的方向看了一眼。

「對。」

「那？」賓妮塔揚起眉毛。

「過去幾個禮拜，我有很多問題要解決。現在就只剩這件事了。」她望向桌上兩人的手機示意。

「他對妳很有興趣噢！」賓妮塔說。

海蒂看了看餐廳。「庫沙里對妳很有興趣噢。」

賓妮塔閉上眼睛，強忍住笑。「讓我感覺變回少女了。」

「是壞事嗎？」海蒂問。

「不。不完全是壞事，」她搖搖頭，「再次對未來滿懷希望，挺好的。」

她們倆繼續開會時，法郎和山姆來到她們這桌坐下——四人之前就已經討論過九重葛街一〇八號的事。山姆說他剛剛才按下「傳送鍵」，發了一封電子郵件給書店在達蘭薩拉的顧客名單，提醒他們開幕日期。法郎說當天稍晚會把他收藏的西藏頌缽帶去。我對席德重新裝潢的舊居要舉辦的各項活動太好奇了，便決定明天務必親自去參觀參觀，好好調查一下這場盛大的開幕式。

里卡多端來咖啡時，庫沙里也同時呈上草莓馬卡龍——這次，兩人一見老闆在場，就沒有多賣弄脣舌了。重點是，庫沙里接下來的舉動，讓賓妮塔注意到我所在的層架這邊，而其引發的效應之深遠，遠超出我所能想像。

一如往常，領班送來一小碗當日特餐讓我大快朵頤。我正翻著身，要起來用個午晚餐，這時賓妮塔第一次注意到我。她用手指頭指著我，一臉驚喜狀。

「那隻貓！」

庫沙里看到她對我的存在很有反應，便很快又走回長椅區。「女士，她可不是一般的貓噢！」他一臉天機不可洩漏的神情。

法郎看了他一眼，覺得好笑。「這位是……達賴喇嘛的貓。」

眾人皆點頭表示同意時，賓妮塔似乎對我的日常活動這些細節不感興趣。她問：「她是喜馬拉雅貓？」

「對。」法郎確認。

「稀有品種？」

「對。」

「太不尋常了，」她邊說著，邊瞥了海蒂一眼，「我得拍下她的照片，寄給我姐姐雅芝妮。她有一隻很漂亮的喜馬拉雅貓，像這隻一樣的。」她顯然對我很有印象，「真是太巧了！」

「雅芝妮住在哪裡？」法郎問。

「孟買。但他們以前住新德里。她剛開始養瑪雅的時候就住在新德里。」

每當有人送上一些可口滋補的食物給我時，通常就再也沒什麼東西能分散我的注意力了。但是聽到這個特別的名字，而且是賓妮塔用她特殊的口音說出來的時候，我有種非同小可的感覺。我突然抬起頭來看著她，有如被某種令人眩暈的無形力量震撼了。我突然意識到，隱藏的斷層線意外地在轉移中，而我先前甚至不知道有這種東西存在。

賓妮塔與我互相凝望時，有一種神祕的墜落感，我真想知道她是否也有此感覺。

既然開幕日這麼重要，為了這天，還有許許多多忙不完的準備工作，更別說那個持續發酵的謎團——到底是什麼要開幕啦？您可能以為，我會一大早就在九重葛街一〇八號入口處亮相，耳朵早洗淨了，鬍鬚早梳好了，還留神戒備著，好來觀察當日此一重大時事。

唉呀，親愛的讀者，我可沒這麼做。

那日，與尊者一起做完日常的清晨冥想，我起身後便處於一種寧靜清明的狀態，我的心念完全擺脫了世俗想法，對九重葛街或其他任何地方都無掛念。一口一口享用完豐盛的早餐後，我習慣性地回到行政助理辦公室。在那裡，在我習慣的位置安頓身心，然後半夢半醒地觀察著來來往往的人，完全就是我們貓族擅長做的事。

直到奧利弗遲到，腋下還夾著一捲鮮綠色的瑜伽墊，我才突然想到有這件事。

「我會直接去。」他告訴丹增，把背包放在辦公椅上。

「五星級呵護？」丹增回應道，假裝這事很重要似的。

「如果到時候出現了一位瘦身成功、看起來特別年輕的僧侶，請別驚慌，」奧利弗告訴他：「那就是我。」

他很快就上路了，我也是。我穿過尊勝寺廣場，沿路往「喜馬拉雅・書・咖啡」的方向走下去，然後左轉來到九重葛街。從很遠的地方就開始有汽車停在路邊，平常那裡的停車位都空著呢！人們穿著瑜伽服，三三兩兩地朝大門走去，兩邊純白色的門柱上有金色絲帶裝飾。

幾名遊客正研究著大門旁的新看板。飛舞的燙金字樣聲明九重葛街一〇八號為「須摩提水療中心」（Sukhavati Spa）。

「須摩提。那不是阿彌陀佛的淨土嗎？」我聽到有人在問。

「須摩提的意思是極樂淨土。」另一個人說。

「你知道『督卡』（dukkha）是不滿和痛苦嗎？」第三位遊客解釋道：「嗯，那『須摩』的意思正好相反。」

一走進大門口，映入眼簾的果然是一片極樂之地。兩側的金色裝飾絲帶中間有一條短短的車道，上面鋪設了紅地毯。敞開的前門兩側基座有著大件的插花作品。內部的接待區是大理石地板，身著奶油色鑲金邊制服的工作人員正在招待嘉賓，並引導他們往各個方向走去。好像有很多事情在同時進行中。

我不走紅毯，改從金色絲帶下方鑽過去，穿越花壇，繞過一側，那裡有茂盛的百合花牆，我可以躲在後面扮演觀察者的角色。

二十多人在前面草坪上打開色彩鮮豔的瑜伽墊。奧利弗也在其中，他換上了瑜伽服看起來怪怪的，我都快認不出來了。「下犬瑜伽學校」也來了幾張熟面孔，但大多是比較年輕的學員。這群人不同於我在麥羅甘吉觀察過的任何團體，而且氣氛也迥然不同。有些人在墊子上安頓好後，就閉上眼睛躺著，把光滑的臉蛋面向太陽；有些人則邊伸展著四肢，邊低聲聊天。深秋天空是那樣的清澈，山風中飄盪著松樹清香。今日的喜馬拉雅早晨因為充滿希望而格外明亮。

海蒂一來便到前方就位，歡迎大家來參加瑜伽和冥想課程。「須摩提水療中心」第一堂戶外課程開始後，陸續有晚到者加入。待眾人都進入了戰士式體位，張開雙臂面向雪松樹林時，我趁人不注意，便穿過花壇來到陽台，然後溜進房子裡去。氣派的接待區大理石地板光可鑑人，柔軟的奶油色地毯沿著寬闊的走廊往樓梯上頭延伸。我停留在一樓，朝著神祕而響亮的聲響來源走去。是會讓你好奇到鬍鬚抖個幾下那種聲響。

樓梯上頭有間房門半開著。這大房間裡一片漆黑，與外面草坪形成鮮明對比，只有沿著四面牆壁排列的西藏鹽燈散發出粉紅光芒。在鋪著地毯的地面上，許多人躺在鋪著大毛巾的墊子上，也有人戴著眼枕，看起來都處於深度放鬆的狀態。溫暖的空氣裡瀰漫著薰衣草香味。柔和的光芒中映襯出一名男子的形影，我花了好一會兒才認出他來，他是鋼琴演奏家尤因。他俯身在其中一名躺著的人身上，用木槌輕輕敲打拿在左手的西藏頌缽，從他頭頂移到胸前，最後放在肚子上再次敲擊，讓聲音共振的迴響傳遍他全身。直到最後一道縈繞心頭的聲音消失在完全寂靜之後，他才移開頌缽，走到下一位面前重複敲擊。

整個過程有一種催眠感，有節奏的敲擊聲及其如夢似幻的迴響，與其說是令人想睡，還不如說是進入一種難以定義的放鬆形態，一種清明但又比平時更深層次的放鬆。我在房裡的地毯上安坐，感到身體重重的，很舒服，同時我的心念很不尋常地自由遊蕩著。

時間飛逝。似乎已經過了很長時間。我正沉迷於所經歷的東西，甚至沒能注意我身後來了兩個人，也沒留意到其中一人伸手將我摟進懷裡。

是瑟琳娜。「尊者貓！」她邊在我耳邊低語，邊親吻我，「原本就希望妳來的！」

瑜伽士塔欽伸手撫摸我的臉。我們三人默默看著室內狀況好一會兒，接著，瑟琳娜便走回門廳，上了樓梯。

她沿著一條新鋪地板的走廊在前頭帶路，然後一股恍若置身天堂般的濃郁香氣撲面襲來。拐到轉角後是一條更寬闊的走廊，兩邊有很多間芳療室。再往前走，便看到許多人坐在沙發和扶手椅上等著做芳香療法的課程。

有名年輕女子邊撫著臉，邊從其中一間芳療室走出來。她告訴身後的芳療師說：「真的太棒了！」芳療師是一位穿著奶油色優雅制服的歐洲女性。「妳用的是什麼？」

「有薰衣草、鼠尾草、廣藿香，」她答道：「我們會讓香氛符合客戶的需求。這種事是很直觀的。」

「我覺得我可以隨風飄走了。」

瑟琳娜領著瑜伽士塔欽離開時，露出了愉快的表情。樓上另一邊的美容區和芳療區的配置相同。設計上都是光滑明亮的大理石瓷磚、柔軟的毛巾、柔和的燈光。

「這是妳朋友們工作的地方？」他問道。

她點點頭。

「她們都安頓好了嗎？」

「比我們希望的好多了，」她低聲說，「席德一直覺得媽媽賓妮塔會好好把握這個機會，她真的很棒。但我們還不確定這些女孩會怎樣。她們來自快節奏的大城市，雙胞胎姐妹以前在社交媒體上擁有很多追隨者。賓妮塔不知道她們會不會討厭搬到達蘭薩拉來。經歷過財務危機後，她們都不好意思上網了。結果，現在都貼一些在喜馬拉雅山這座迷人的水療中心裡的自拍照。她們是我們最厲害的行銷人員，帶來的預約人數相當可觀。」

「那大姐呢？」

「熙瑪也好多了。」瑟琳娜小聲說：「她愛上進行這次改建的年輕建築師了。」

「愛征服一切？」瑜伽士塔欽問道，眼裡有光。四間芳療室都有顧客使用中，等候區也都是在等候的客戶。「我明白妳說預約數量可觀是什麼意思了。」瑜伽士塔欽說。

「就期待生意能保持這種狀態吧，」瑟琳娜說。轉身帶他離去時，她告訴他說：「你知道，規畫水療中心開幕真是讓我大開眼界。尤其看到雙胞胎姐妹在做的事，我是說用網路行銷，真覺得自己老了。」

「年齡帶來經驗，」瑜伽士塔欽稍後回應：「有了經驗，就有智慧。總會有人對社交媒體之類的具備更多的了解和熱情。那也挺好的。」

瑟琳娜緊緊跟隨他。

「身為領導者，妳的工作是啟動事業，創立組織。其他人自會推動事情往前進展，甚至可能會用妳想不到的方式。」

她點點頭。

「妳和席德在香料包生意上表現出強大的領導力。現在有了『須摩提水療中心』，或許還會有其他的新事業。」

「您是這麼想的嗎？」

我們繞過轉角走向樓梯時，接待區人聲鼎沸。瑜伽士塔欽給瑟琳娜一個頑皮微笑，看了一眼手錶後，就溜進僻靜的冥想休息區去了。她點點頭，然後帶我下樓。

源源不絕的人流走上了紅毯。法郎和陸鐸也在其中。山姆和布蘭妮也來了。顯然都在樓下聚會。

「我們得幫尊者貓找個安全的地方。」瑟琳娜走近接待櫃檯後方的賓妮塔。

賓妮塔四處張望，發現一處壁龕，現在被一個玻璃花瓶占據，我只消從櫃檯上稍微跳一下即成。她取下花瓶，從身後的籃子裡拿出一條深藍色毛巾鋪上。考慮再三後，她還是把藍色毛巾換成奶油色的。

瑟琳娜把我抱上了那處凹槽，我很快就當那兒是自己家了，邊沉思、邊揉著蓬鬆毛巾，還邊欣賞著大廳景物。

「放貓剛剛好的小洞。」瑟琳娜讚許說道。

賓妮塔的舉止泰然自若又貴氣，給人的觀感是——有喜馬拉雅貓在招待櫃檯坐鎮，的確是這類場所應有的精心安排。「昨天才遇到這隻小貓，」她說，「我覺得她很特別。」

「所有認識她的人都覺得她很特別。」瑟琳娜溫暖回應道。

賓妮塔伸手來撫摸我的臉時，我想起了她在咖啡館時所說的話。她在我身上看見某種東西是沒人發現過的。還有，她覺得我的特別與「我是達賴喇嘛的貓」並無關係。

越來越多人走進大廳。身著「須摩提水療中心」制服的服務人員端著果汁飲品、檸檬水和氣泡水四處走動。此外，也有各色糕點、水果和其他美味點心供客人享用。瑟琳娜和賓妮塔一方面在前門迎接客人，同時也留心著服務人員的工作情況。瑪莉安・龐特詢問是否可以談談安養院住民的優惠價格。山姆和布蘭妮正在向陸鐸請教懷孕期間能做的瑜伽。

法郎就站在我旁邊，正在和賓妮塔開玩笑說，他想請雙胞胎蒂雅和妮霞為「喜馬拉雅・書・咖啡」在社交媒體上發表一些貼文，還說大廳裡的人有一半是他從沒見過的。

海蒂帶領課程時，又湧進了幾波學員，一下課，大家就全進了大廳。尤因帶領著他頌缽療癒班學員來到了走廊上。這是個非常舒壓的聚會，屋裡雖然坐滿了各種年齡和長相的人，但也有一種志同道合的親切感。

步出芳療室走下樓梯的人們身上散發著精油香氛，他們身後跟著三位年輕漂亮的印度女子。她們的步履姿態和賓妮塔同樣優雅，奶油色的制服襯托著完美無瑕的五官，下樓時仿若時裝伸展台上的模特兒。

另一位客人來到現場時，顯得有點慌亂——他正是占星家。他先和席德、瑪麗安聚在一塊兒，三人再一起找到站在附近的法郎。

「過了一個晚上就收到了這份報導。」這位神奇的訪客已把他收到的一篇文章列印好，並交給他們三人。「七〇年代回顧展，」法郎大聲念出標題：「重新評估未來五十年藝術走向。」

這是一篇字數超多的整版報導，但在前面的段落中，他看到了克里斯托弗・阿克蘭的名字。「毫無疑問，他是他那個時代最被低估的藝術家之一，」他興奮地讀著：「『阿克蘭是一場全新藝術革命的先驅，卻沒沒無聞。』這是誰寫的？」他問道。

「H．A．華萊士，」占星家回答。「他是皇家院士，也是備受敬重的藝術評論家。」

「無論主題為何，他所用的顏色，其飽和度都很亮眼，」席德接著念，「嗯，這我們知道。」他繼續念：「由於成名很早，許多評論家並不認同他處理黑暗主題的方式，於是這位藝術家消失在我們眼前，再也沒有人見過他。最大的不幸之一是，這樣一位無疑是英國最傑出的印象派畫家之一，我們卻從未見過他成熟時期的作品。若能看到阿克蘭成熟時期的大作，相信那將會是精采非凡的。」席德從影印的文章上抬起頭來，雙眼睜得很大。

「精采非凡！」法郎說。

「我們克里斯托弗耶！」瑪麗安好震驚。

「寄這篇文章給我的人提到『斯科雅藝術收藏』（Skea Collection）有一幅阿克蘭畫作的銷售情況。原本底價設定在五萬美元。這篇評論發表後，底價已經漲到美金一百萬了。」

席德搖搖頭。

「簡直難以置信！」法郎笑了。

「你們要知道，」占星師繼續說道，「底價只是基本的。很容易用更高的價格賣出。有時甚至是好幾倍。而且『斯科雅』賣出的作品是小尺寸的。比不上你們手上大畫布的尺寸。」

他們三人都轉頭看向瑪麗安，突然意識到她現在保管的可是稀有畫作，其價值至少有兩千萬美元之譜。

「我昨天有在文具櫃上裝了一付新掛鎖，」她告訴大家：「我覺得這樣真的不行。」這樣做很明顯的確不夠。

「我家裡有保險箱，」席德說，「防火防爆。妳決定下一步要怎麼做之前，可以先把畫作放在那裡。」

「好主意。」瑪麗安點點頭。

「克里斯托弗確實有成熟時期的作品，我們得想想，究竟該如何向藝術界透露這個消息。」法郎說。

「還有我讓其中十幅畫塗上白漆的事。」瑪麗安畏縮著說。

「說這個還太早。」席德想要消除她的擔憂。

「看來你們很快就會為新基金會忙得不可開交，」占星家看著瑪麗安，又看向席德，目光炯炯有神，「為了沒錢的年老藝術家們！」

「果真如此的話，」席德用溫暖的眼神凝視著他，「主要是多虧了你。」

「如果你沒來，天知道會發生什麼事呢！」法郎說。

「噢，我想我們都知道這一點，」瑪麗安搖著頭，仍然一臉不好意思，「光想就覺得可怕。」

大夥兒沉默了一會，「這件事從一開始就有參與的……」她轉過身，指向安坐在新貓洞裡的我，我渾然不知她會注意到我。

「尊者貓！」法郎叫道。

「克里斯托弗很寵她，」瑪麗安說，「會用各種暱稱呼喚她。顯然，很多偉大的畫家像畢卡索和達利，他們都有養貓。」

「真的，」占星家證實，「貓很親人。」

「正是她，」瑪麗安繼續說：「是她激勵了克里斯托弗將一幅畫送給達賴喇嘛。」

「接著，尊者就叫他來上課，我們才會認識他。」法郎點點頭。

「在許多方面，」他們全都站著，望著我驚歎連連，席德覺得這事很費解，只說：「如果沒有尊者貓，這一切都不會發生。」

「她真的不僅僅是貓而已。」法郎同意道。

占星師輕扯著他的灰白鬍鬚，若有所思地看著我說：「她的星盤可能很有趣噢。」

不久，席德便上了樓，在貴賓陪同下又走回了樓梯平台。大廳裡高朋滿座。瑟琳娜用餐刀輕敲玻璃杯，請大家安靜一下。席德，這位名副其實的大君，先是歡迎大家來到「須摩提水療中心」，接著介紹中心的兩位主任，海蒂和賓妮塔，以及永久員工熙瑪、蒂雅和妮霞。

這三名女孩和她們的母親一起在接待櫃檯忙著，每一位都光采動人。

「我的家族擁有這處宅邸多年，有時作自宅用，有時則是辦公用。這次我見證了它們如何完美地融為一體，也很肯定這次改裝是這房子最美妙的一次呈現。是大家可以來這裡舒壓療癒的聖殿，本地人和遊客都很歡迎，無論他們的年紀。

「擁有這樣的願景，我不能居功。這樣的願景是直接來自我親切而高貴的老師，瑜伽士塔欽。」

他轉身說：「仁波切，很幸運您今天能和我們一起在這裡，您願意對我們說幾句話是我們的榮幸。」

席德往後退了幾步，把舞台留給他的老師。瑜伽士塔欽看著聚集在他身邊的許多人，他就像達賴喇嘛，就連目光彷彿也在傳達一種祝福。他身著金色襯衫、淡黃褐色長褲，好似照進樓梯平台的一道陽光——光輝明亮，但同時也是無形的。

「這樣子介紹我，真的是很親切，」他開始說：「但是不管這位先生告訴你什麼，」他朝席德示意，「我從未指示他去開水療中心，更別說是用與阿彌陀佛相關的名號去開設。」

群眾中傳來笑聲，仁波切要讓大家相信他的話時，臉上閃過一絲淘氣的神色。「我確實對他說過的話是一項建議，我今天也想和你們分享，因為這點非常重要。我們可能以為『極樂淨土』是一個充滿歡樂、像天堂般的地方。如果我們一直是個好孩子，那麼死後便會去這樣一個地方。這是一個簡單的概念，但或許也有點太簡化了。因為即使我們現在被帶到淨土，要是心念對『我』這個觀念還是很狹隘的話，那沒多久我們就會覺得無聊了、沮喪了。」

他的說法令眾人笑著點頭。「或許過了三週後，我們就受夠了什麼光和愛的，我們只想回家，家裡也許沒那麼舒服，但熟悉多了。」

大廳裡笑聲迴盪。

「因此，如果我們能夠練習『轉化隱喻的思惟』，那麼把『須摩提』當作是一種意識狀態會比較有用，因為無論心中有什麼，都會投射到我們的身外世界。如果能一步一步地改變思惟方式，尤其是放下我執心，那我們的實相也會改變。無論在哪裡，都可創造極樂世界。

「如果我們希望這樣，為了發自內心的幸福和平靜，最好的辦法是多去關注他人。因為先去給予，才會有收穫。」

瑜伽士塔欽剃光頭，留山羊鬍，不僅外表看起來是典型的古魯，也的確有古魯的風采——現在他已經吸引住每個人的注意力了。

「我知道你們很多人已經知道這一點。因此，我告訴席德的話，今天也想向各位建議的是，我們助人的方式至關重要。如果我們的目的是提升自己的意識，從而能感受最深刻的喜悅狀態，即極樂世界，那麼我們必須真實。我們不能虛偽，還同時期待事情有所成效。看看那些與我們生活上有交集的人，那些與我們懷有真摯情感的人——如果他們陷入困境，那麼就要先去幫助他們。」

仁波切說這話的時候，我注意到賓妮塔的臉色頓時變了。瑜伽士塔欽清楚說明了席德此番動機後，她的雙眼湧出淚水，嘴脣不住顫抖。

「不需要做大量的慈善捐贈。或是設立慈善機構。想要改變全世界——雖然說這些也都很好！但我們想要做的是先打開自己的內心和想法。所以，從那些我們懷有愛和感情的人開始。從和我們已有因果連結的人開始。然後，基於我們對『平等捨心』的理解，一步一步學習培養同樣的慈悲心來對待關係比較疏遠的人。」

雙胞胎姐妹站在她們母親的兩邊，她們的反應是摟住她的腰，靠她更近，眼淚也從臉頰上滑落。就連熙瑪也低頭凝視，仁波切話裡的純粹性似乎震撼了她。

「我們環顧四週，」他總結道，「都是在表達慈愛。所以，用無量光佛、無量壽佛本身的淨土名稱來命名，是再合適不過了。尤其是，我們可以在他的一個非常殊勝的代表面前慶祝。」

直到這時，我才注意到仁波切身後掛著的紅色絲綢壁掛，上面有著精美圖案，側面有道金繩。但當瑜伽士塔欽轉身拿起金繩，與點頭示意的席德交換了一個眼神，我便察覺這壁掛只是暫時性的。它只是一層面紗，隱蔽了它背後的東西。仁波切輕輕一拉金繩，繩子和紅絲布便都掉落在地，露出克里斯托弗所繪製的阿彌陀佛像。

當大廳裡眾人一見到他時的反應，皆是瞬間倒吸了一口氣。他宏偉、熾熱的紅色形象迷住了眾人，他似乎直接碰觸到我們每一個人，大廳彷彿接通了某種電能，有一種特殊能量讓他閃閃發光。汲取在場每個人的希望與渴望，讓我們的每個願望和期許發生質變。無論我們之前有何感覺，現在都被一種不同的感覺抓住，那種感覺好像是從內心深處引出來的，戲劇性地浮出水面了，那是慈悲心的催化力量，是慈愛的生命活力。

那一刻，大廳裡許多雙眼睛發光雪亮。那份突發的強大連結——或說是重新聯繫——尤其是喚醒了許多人的「開悟心」這一面。

瑜伽士塔欽站在阿彌陀佛與群聚會眾之間，他是通往這種崇高意識狀態的管道。他是古魯。他不僅指出了通往極樂世界的道路，而且也體現了極樂世界，他的臨在就像他剛剛所揭開的阿彌陀佛畫像一般不可思議、超凡脫俗。

「我很榮幸在此宣布，」瑜伽士塔欽說：「『須摩提水療中心』正式開幕！」

後記　一切都是心念

尊者貓：「無論體驗到何等幸福，都不是來自音樂、水波或創意表達，而是源於自己的心念，這樣的話，就可以讓這份幸福感加倍。」

沒多久我便離開了。無論是什麼意識狀態，人聲嘈雜的活動場所都不適合高齡貓族。能親眼見證九重葛街一〇八號的轉變，也知道尊者貓的壇場如今也包括了美好的「須摩提水療中心」，如此足矣。毫無疑問，在未來的日子裡，我會與常來的朋友越來越熟，也會去每個園子和室內小凹洞探索的。

回到尊勝寺，在樓下廚房裡，我發現春喜太太和她的副手們正在忙著為當天的貴賓準備午餐。達賴喇嘛在樓上的辦公桌前。我走到窗台前安坐，視察廣場上的活動。

沒過多久，敲門聲響起，奧利弗似乎在報告為當天訪客所安排的活動。

親愛的讀者，我立刻就能認出奧利弗來。在「須摩提水療中心」的草坪上了一堂瑜伽課並沒有改變他——毫無疑問，冥想課也沒有，他需要一堂以上的課程。他對尊者講話時，提到了「臨時代辦」和「阿拉巴馬」這兩個詞。同時，有幾位認真的小比丘走進他身後的房間掃地擦桌子。

正要離開時，他瞥了窗台一眼。

「噢，」他想起了什麼。「獸醫有幾個好消息。今天早上尊者貓的驗血結果出來了。一切都很好。」驗血！突然間，我又回到那間恐怖密室，獸醫就在那兒宣布說我生命中最好的時光已經遠去。又說我這一生「過得不錯了」。還說現在我面前只剩下老病死而已。

體檢報告是好的，確實，我應該感到如釋重負。但就在那一刻，影響更大的是，讓我回想起那次的恐怖遭遇，以及討厭的預言式診斷。

尊者和奧利弗兩人都往我這邊看過來。「大好消息吶！」尊者從辦公桌站起身，走過來。

奧利弗則告退離開。

「我的寶貝，真高興，」達賴喇嘛坐到我身邊，彎下腰來與我相望。然後，按照慣例，他針對我內心所想，直接回應了。「一旦知道我們的健康變化有多快，生命有多短暫，我們就會去找出人生真正目的。或許，我們可以重新點燃小貓天生對生命的熱情。」

若不曾親身經歷這個真理，我可能會覺得難以置信。但尊者用指尖按摩我額頭時，我想著，承認自己的黃金歲月——連同一生中大部分時間——已成為過去，這不一定是憂鬱的理由。恰恰相反。正如尊者所說，唯有充分了解到每一天所給予的機會有多難得，您才會想要善加利用。生命的價值不在於長度，而是在於您用生命做了什麼。況且，總是有值得做的事可以做啊！

克里斯托弗即使知道得了絕症，他也沒有崩潰而終日憂鬱。他反而前所未有地充滿生機。他確知自己的日子已經倒數計時，便與過去和解，並以極好的表達方式展露熱情。他重拾長久以來被剝奪的自由和快樂，創作了他最超然的作品——甚至追求與阿彌陀佛合一。

若希望在生活中能與小貓的快樂同在，我從「喜馬拉雅．書．咖啡」親愛的朋友那裡了解到，我們還需要深入了解自己多年來所積累的一層又一層的挫折和悲觀。做自己最好的朋友，練習徹底的自我接納。關閉「垃圾群組」。我們如此苛刻評價的「自我」只不過是一個概念，只是一個比隨風飄盪的羽毛更不具體的想法，若能把握這個客觀真理，那會有多自由自在啊！

在純真的幼年期，那時我們把全世界都當作是感官的遊樂場，我們會在水、音樂、動作和光影裡面找到快樂。法郎躺在咖啡館樓上的地板，身旁有馬塞爾和凱凱為伴，隨美妙音樂而狂喜時，我見到他身上的特別之處。賓妮塔每天在游泳池裡一趟趟地穿梭，度過最艱難的時期，讓水波和心跳聲擁抱自己。克里斯托弗聚精會神於作畫，甚至可以因此不受自我所掌控。**若希望重拾「生活樂趣」，就應該常去做些讓「我心歡唱」的事兒。**投入某項活動只因它能帶來簡單的快樂。

若能提醒自己，讓自己記得，無論體驗到何等幸福，都不是來自音樂、水波或創意表達，而是源於自己的心念，這樣的話，就可以讓這份幸福感加倍。那是從遙遠的過去，是由一個我們現在不認識的自己所創造的一個業因，從而帶來的正面成果。我們有多幸運！收穫了自己過去世所結的果實，真是幸運。

記住這一點，去讚歎幸福的真正原因，這樣會擴大我們的幸福感。也會激勵我們培養更大的美德與良善去生活，確保我們的幸福不斷增長。更重要的是，隨喜他人的好運氣，不僅僅創造機會，讓自己也可以體驗他們的成就；放下嫉妒時，我們便讓視野更純粹，也能擺脫二元性的迷濛煙霧。這樣就可以多放掉一點對個別自我的執著，因為那是找不到的東西。

即使是具有處世智慧的老年人，也可能因身處在苦海而麻木無感。在這麼多應得的業報包圍之下，每件事都有其急迫性，我們很難不退縮，也很難不讓自己的善行淪為銀行轉帳和慈善捐贈等枯燥活動。

瑜伽士塔欽讓我們看見如何體現真正的慈悲心。首先要練習慈愛之心，對象是與我們感覺內心有所連結的人。以這種動機助人時，無論是度過今生的艱辛或是隨後的中陰身，都會感覺到有非常強大的力量。把苦難轉化為超然，多令人振奮啊！重新喚醒這份我們曾經能夠自發表達的善念——然後再做一次。

在舊療養院草坪上，那道暮光喚醒內心，海蒂讓我與許多早已遺忘的本能重新連結。我與「尊者貓」、「仁波切」、「一隻擁有許多角色和名號的貓」這種概念太熟了，以至於我竟在不知不覺中隔絕了「我是空氣、水、土地與熱」這個明顯的事實。也隔絕了「樹木、瀑布或任何生物全都是大自然的體現」這樣的事實。重新發現這個真相，就像回家一樣。提醒我，正是構成我存在的構造把我與地球上其他的一切連結在一起的。

旺波格西在廟宇燭光的奧祕裡，解釋了臨命終時為何無需感到恐懼。一如在世，在死亡時的明光中，實相都是自己創造的。我們是否被「追求獨立的我、我自己」這種本能驅使了？

或我們反而能認定自己正是無限光芒，並超越所有與我們對立的概念？

要不，我們是否像克里斯托弗那樣，受到了某種特定形式的「超然存在」吸引，去到一個像極樂世界這樣的淨土？

「一切都是心念。」尊者喃喃道。而我從未如此強烈地領受到這個真理。

樓下忽然一陣騷動，緊急照明燈閃爍，好幾名摩托車騎士衝進寺院廣場。緊隨其後的是幾輛裝了染色玻璃的四輪驅動汽車，其中一輛懸掛著美國國旗。

在我身旁的達賴喇嘛低頭查看忙進忙出的特務和寺院保全人員，觀看著他們演出四處奔忙、事態嚴重的模樣，彷彿是電視正在上演的一齣戲。

「來去、生死、自我與他者——一切都只是概念，」他說話的樣態有種難以言喻的清明，這句話不僅涵蓋了我所學到的一切，也顯示出按照這句話去生活有多美好。這種境界，是有我，也有其他人的，我們都在光輝燦爛的場域中，極為平靜，沒有開始也沒有結束。「親愛的雪獅，我們越是放下自我概念，就越能安住於自己的真實本性。」

獻辭

願所有與此書有緣之人，透過閱讀、思考和冥想及其所流動出來的行動，清除一切惡報，積德無量。願我們在珍貴的老師指導之下綻放、長壽、身體健康、幸福安適。願我們放下自我，品嘗開悟的尊貴喜樂。

那麼，我們便一如諸佛，支持著全宇宙空間裡一切有情眾生。願我們以無數種形體自發自若地顯化，

幫助那些認自身為分離且受苦之人，速證自身佛性，令一切安住於慈悲無量智、非二元性大喜樂與空性之妙境。

詞彙表

阿毘達磨俱舍論	Abidharmakośa	由四世紀「世親」（Vasubandhu）所寫的一部備受推崇的佛教經典，其中詳細介紹了包括宇宙學在內的許多主題。
阿彌陀佛	Amitabha Buddha	曾為凡人，他誓言開悟，並創造「極樂世界」淨土，為凡人可投生之處。阿彌陀佛是無量光佛、無量壽佛。
菩提心	bodhichitta	為了他人之故而想要求得證悟的願望。藏傳／大乘佛教的中心思想。
中陰身	bardo	處於一生結束之後，與下一世開始之前的意識狀態。
苦	dukkha	不滿或痛苦，從最細微到最深切的都有。
格西	Geshe	藏傳佛教的僧侶學位，大致與博士學位相當。
哈達	khata	傳統上會呈送白色長巾給老師/訪客，以示尊敬。
事部密續	kriya tantra	以體現綠度母或藥師佛等佛之品質為目標的一種修行方式。
大手印	mahamudra	以非概念的方式所感悟到的心與實相的究竟本質。禪修者完全控制自己心念時，便有可能達成，這種境界稱為平靜安住 / 止。
摩訶利師	maharishi	印度教傳統中通常用來指稱一個有大成就或開悟的人。
念珠	mala	以圓形珠子串成，通常用於計算念誦咒語的圈數。

曼荼羅、壇城	mandala	通常是指描繪靈性旅程或宇宙學的關鍵要素的藝術作品。較為籠統地說，是一個人對自我世界、宇宙或實相的體驗。
涅槃	nirvana	毫無業力和妄想的心，處於超越生死的寧靜境界。
非二元性	non-duality	感知者與被感知者之間無二無別的意識狀態。
生命力、氣	prana	遍及所有生物的生命力或能量。
供奉	puja	藏傳佛教傳統常用的儀式，旨在淨化消極負面、積累功德。
淨土	pure land	具有喜樂、德行、智慧等特徵的意識狀態。
女苦行僧	sadhvi	通常用來指稱印度教傳統中放棄世俗活動以追求靈性生活的女性。
苦行僧	sadhu	通常用來指稱印度教傳統中放棄世俗活動以追求靈性生活的男性。
止	samatha	也稱為寂靜。於此境界，禪修者可專注於任何對象，輕鬆自若，沒有二元性，持續多久都可以。
輪迴	samsara	受業力和妄想驅使的心念，因此受條件限制，必須重新投胎。
眾生	semchen	字面意思是「擁有心念者」。任何擁有意識或知覺的生物。
悉地、修行成就	siddhi	從高階冥想修行自然產生的超自然能力。

悉達多・喬達摩	Siddhartha Gautama	歷史上出生在西元前五世紀的佛陀的名字。
空性	sunyata	以「眾生及一切現象並無自性本質」為前提，需依賴各種元素、因緣及心的參與。
樂	sukha	幸福、愉快或喜樂。
唐卡	thangka	藏傳佛教壁掛，描繪佛像或冥想時所專注的其他對象。
如來藏	tathagatagarba	佛性，或心的自然清淨，可以轉化成為佛的意識狀態。
自他交換法	tonglen	接受痛苦並給予幸福：以慈悲為懷的冥想練習。
圖當	tukdam	高僧圓寂後所進入的深度禪定狀態，他能夠改變死亡過程，並保持與明光融合的狀態一連數天甚至數週。
金剛上師	vajra acharya	合格的藏傳佛教金剛乘上師。
金剛乘	vajrayana	藏傳佛教的密宗。
瑜伽師／女瑜伽師	yogi / yogini	致力於禪修、冥想的男性／女性。
本尊	yidam	在修行者已開悟的心中所顯現出來的佛的形象，修行者可與之建立連結。本尊通常代表所需培養的特定品質如智慧、慈悲或力量。

國家圖書館出版品預行編目(CIP)資料

達賴喇嘛的貓 . 5, 喚醒內在小貓 , 點燃生命熱情 , 找回最純粹的幸福 / 大衛 . 米奇 (David Michie) 著 ; 江信慧譯 . -- 初版 . -- 臺北市 : 商周出版 : 英屬蓋曼群島商家庭傳媒股份有限公司城邦分公司發行 , 2023.01
面 ; 公分
譯自 : The Dalai Lama's cat : awaken the kitten within.
ISBN 978-626-318-522-7(平裝)

873.57 111019487

達賴喇嘛的貓 5：喚醒內在小貓，點燃生命熱情，找回最純粹的幸福

The Dalai Lama's Cat 5: Awaken The Kitten Within

作　　　者　大衛・米奇（David Michie）
責 任 編 輯　張沛然

版　　　權　吳亭儀、江欣瑜
行 銷 業 務　黃崇華、賴正祐、郭盈均、華華
總　編　輯　徐藍萍
總　經　理　彭之琬
事業群總經理　黃淑貞
發　行　人　何飛鵬
法 律 顧 問　元禾法律事務所王子文律師
出　　　版　商周出版　台北市104民生東路二段141號9樓
電話：(02) 25007008　傳真：(02)25007759
E-mail：ct-bwp@cite.com.tw　Blog：http://bwp25007008.pixnet.net/blog
發　　　行　英屬蓋曼群島商家庭傳媒股份有限公司城邦分公司
台北市中山區民生東路二段141號2樓
書虫客服服務專線：02-25007718　02-25007719
24小時傳真服務：02-25001990　02-25001991
服務時間：週一至週五9:30-12:00　13:30-17:00
劃撥帳號：19863813　戶名：書虫股份有限公司
讀者服務信箱E-mail：service@readingclub.com.tw
香港發行所　城邦（香港）出版集團有限公司　香港灣仔駱克道193號東超商業中心1樓
E-mail: hkcite@biznetvigator.com　電話：(852)25086231　傳真：(852)25789337
馬新發行所　城邦（馬新）出版集團 Cite (M) Sdn Bhd
41, Jalan Radin Anum, Bandar Baru Sri Petaling, 57000 Kuala Lumpur, Malaysia.
Tel：(603)90578822　Fax：(603)90576622　Email：services@cite.my

封 面 設 計　李東記
印　　　刷　卡樂彩色製版印刷有限公司
總　經　銷　聯合發行股份有限公司　新北市231新店區寶橋路235巷6弄6號2樓
電話：(02) 2917-8022　傳真：(02) 2911-0053

■2023年1月3日初版

城邦讀書花園
www.cite.com.tw

線上版回函卡

Printed in Taiwan

定價380元

ISBN 978-626-318-522-7